Senedd a Satan

Argraffiad cyntaf: 1999

Clawr: Ruth Jên

Rhif Llyfr Rhyngwladol: 0 86243 499 8

Cyhoeddwyd yng Nghymru
ac argraffwyd ar bapur di-asid a rhannol eilgylch
gan Y Lolfa Cyf., Talybont, Ceredigion SY24 5AP
e-bost ylolfa@ylolfa.com
y we http://www.ylolfa.com/
ffôn (01970) 832 304
ffacs 832 782
isdn 832 813

Marcel Williams
Senedd a Satan

yLolfa

Cynnwys

Pennod 1

Yn y Brifwyl

SYNHWYRAI GETHIN GARMON, Bargyfreithiwr ac Aelod o Senedd Cymru, fod trychineb ar ddigwydd. Disgleiriai llwyfan y Brifwyl, ond yr oedd rhywbeth chwithig yn y disgleirdeb. O wynebau rhengoedd yr Orsedd, diferai'r chwys yn ddisgybledig fydryddol. Gwenodd y bardd buddugol, Ffiona Degwel, a'i gwneud ei hunan yn gwbl gyffyrddus yn y gadair enfawr; ond beth oedd cyfrinach y troad dieithr ar gyrion y gwefusau hyfryd? O fewn llathen i'r bardd eisteddai'r Brenin Rupert y Cyntaf, dyn ifanc, seimllyd, aruthrol o foliog, â llygaid mochyn a gwefusau gwiber. Roedd newydd ei urddo i'r Wisg Wen, ac edrychai yn drahaus yn ei lifrai derwyddol; rhoddwyd caniatâd arbennig iddo rannu canol y llwyfan â'r bardd buddugol. Hofranai'r Archdderwydd yn ymyl y bardd, a chododd ei law dde a gafael yng ngharn y cleddyf. Y pafiliwn yn awr yn dawel a'r seremoni yn symud yn llyfn at ei huchaf-bwynt. Ond nid y gwres, na chyffro'r cadeirio chwaith, oedd achos pwlsadu'r gwaed yn arleisiau Gethin.

Tynnodd yr Archdderwydd y cleddyf o'r wain, a bloeddiodd â'i lais main yn diasbedain uwchben y dorf: "Y GWIR YN ERBYN Y BYD! A OES HEDDWCH?" Ac yna, yn y foment drydanol honno rhwng y cwestiwn a'r ateb, ffrwydrodd y gwallgofrwydd... Llais unigol, llais unigryw Ffiona Degwel, yn bloeddio "NAC OES!", a hithau yn rhuthro o'i chadair, a thynnu dagr o ddyfnderoedd ei gwisg a'i wthio'n fileinig i fynwes y brenin. Eiliad o ddistawrwydd erchyll, a gwefusau'r Archdderwydd yn rhewi o gwmpas ei gwestiwn, a'i law yn glynu'n dynn wrth y dagr. Yna llithrodd y brenin yn fwndel anniben a gwaedlyd yn ddyfnach i'w gadair, a llwyfan y Genedlaethol yn gorwynt o wyrdd a glas a gwyn, a'r holl bafiliwn yn ysgwyd ac yn rhuo, ac wyneb y llofrudd yn serennu'n dawel yng nghanol y storm.

Yn y Senedd

EDRYCHODD TECWYN MADOC, Llefarydd Senedd Cymru, o'i amgylch a theimlo'n fodlon ei fyd. Yn dilyn llofruddiaeth y brenin, ceisiodd Humphrey Proost, Prif Weinidog Lloegr, ganiatâd i annerch y Senedd; ac wedi tipyn o oedi bwriadol, rhoddwyd y caniatâd hwnnw. Roedd y siambr dan ei sang. Eisteddai Proost gyda'r Ceidwadwyr; dyn tal, tenau, gwglyd, ei freichiau a'i goesau yn lletchwith o anniben, ei wallt du yn syrthio'n afreolus a llipa ar draws ei dalcen, ei drwyn yn hir a thrahaus, ei ên fel llafn bwyall.

Defnyddiodd Tecwyn ei forthwyl bychan i fynnu distawrwydd. Cliriodd ei lwnc. "This session will be conducted entirely in English, so that the vast television audience throughout the United Kingdom will be able to hear, without the slight distortion of translation, the speeches exactly as delivered. It is important that every nuance of every word is conveyed directly to the people on both sides of the Severn. It is also vitally important that the Prime Minister of England, who, like most of his compatriots, is monolingual and thus as culturally stunted and impoverished as they are – it is vitally important that Mr Proost, while he is among us, should feel the full force of our fluency even as we declaim in a foreign tongue. This afternoon, every English word spoken by the members of this Senate will proclaim our huge linguistic superiority, our right to look down with disdain upon our effete and Philistine neighbours across Offa's Dyke. Honourable Members will know what has brought us together today. The tragic assassination of King Rupert has convulsed the entire United Kingdom and impelled the Prime Minister of England to ask permission to address us. The request is unprecedented, but it would have been ungracious of me to refuse. When Mr Proost has concluded his address, I shall call upon our own Prime Minister to speak; following which, members who catch my eye may make their own contribution." Amneidiodd Tecwyn at Proost.

Casglodd Proost ei freichiau a'i goesau at ei gilydd, a chodi ac edrych o'i gwmpas. "Mr Speaker," meddai, a'i lais cras mewn cytgord â'i ymddangosiad ysglyfaethus. "I will not waste time indulging in the bogus civilities of parliamentary etiquette. The occasion is too sombre, and the times are too sinister." Oedodd. *"Sinister,"* meddai drachefn, yn amlwg ymhyfrydu yn hisian y cytseiniaid wrth i'r rheiny adleisio ar draws y siambr. "I never thought," aeth yn ei flaen, "that on my first visit to this Senate I would be looking about me for signs not only of sadness but also, perhaps, of guilt... *Vicarious* guilt, no doubt, but guilt none the less." Rhythodd ar yr aelodau.

Rhythodd Tecwyn yn ei dro ar Proost. Beth yn y byd oedd ar feddwl y Sais? Ai awgrymu yr oedd bod rhai o aelodau'r Senedd yn gysylltiedig â llofruddiaeth y brenin?

"King Rupert the First," meddai Proost, "was a close friend of mine. On official occasions, of course, I treated him with the proper deference of a subject to his monarch; on such hallowed politeness rests the constitution of the entire United Kingdom. But when we were alone together, stiff ceremony melted and disappeared. At such times, it was not the *king* who reigned, but friendship. I can tell you now that a rare and generous soul nestled behind the robes of royalty. It is no secret that he was not arrestingly handsome; but his *soul* was handsome, handsome to a fault." Edrychodd Proost ar Tecwyn fel pe bai enaid hwnnw yn dwmpath o gornwydydd drewllyd. "And that is why I feel his murder as keenly as if the assassin's dagger had plunged into my own bowels. The deed cries out for vengeance. But can I look for vengeance *here?* Can this senate assure me that justice will be done in *Wales?* I seek assurance, Mr Speaker. That is the sole purpose of my visit. Can the Welsh legal system, now largely independent of the English one – can the fledgeling Welsh system cope with this monstrous crime? Can your High Court bring to the case that strength and objectivity which centuries of tradition have brought to the English Bench? Can it?" Cyflwynwyd yr ateb, ei ateb *ef*, yn y gwawd yn ei lais. "There is great unease among my colleagues in Westminster concerning the matter. I would like to be able to quell their doubts and set their minds at rest and assert that, in the lurid shadow of the assassination, the Land of Song has become a Land of Lament. I would like to assert that when the grieving is over and the lament turns to anger, the Welsh nation will have within its own borders a High Court powerful enough, *arrogant* enough even, to withstand political and other pressures and to bring to bear upon the assassin the full weight of the nation's horror. These are the assertions, the sentiments, I would like to take back to my colleagues in Downing Street. I would *like* to, but..." Siglodd Proost ei ben fel arwydd o anobaith llwyr, edrychodd yn ddirmygus ar ei gynulleidfa, ac eisteddodd.

Cododd Ellis Hopkins, Prif Weinidog Cymru – gŵr byr, sionc, a chanddo gnwd o wallt cringoch cyrliog a fflam fach ffyrnig o farf. Setlodd ei lygaid gwyrdd ar Proost. "Like the Prime Minister of England, I shall dispense with bogus civilities. The purpose, the true purpose, of his visit here today must now be crystal clear to all of us. He has no faith in Welsh justice, and wishes us to transfer the Ffiona Degwel case to the High Court in London. He cannot command us to do so. The Welsh courts are beyond his power. But he wishes us, in effect, to sign a declaration of national inferiority. Our judges are not of the same calibre as the English judges! Our juries are gullible, easily swayed to the wrong verdicts by shady Celtic barristers! Our entire legal system is geared to the acquittal of murderers, and is especially favourable to regicides! This is a land where the innocent set foot at their peril, and thieves and cut-throats can swagger into court and exchange knowing winks with the judge! Is that not so, Mr Proost? Is that not the gist of your message to us?" Erbyn hyn roedd llais Ellis wedi esgyn i'r uchelfannau a'i gynddaredd yn heintio'r Senedd, a'r aelodau – ac eithrio'r Ceidwadwyr – yn amlwg yn barod i fynd i'r gad dros eu cenedl.

Cododd Proost a llygadai'r ddau Brif Weinidog ei gilydd yn ymfflamychol. "I rather think, Mr Hopkins, that you are exaggerating a little."

"Is that so?"

"This business of signing a declaration of national inferiority –"

"But that is implicit in your remarks, Mr Proost."

"No, no!"

Teimlai Tecwyn fwynhad pur. A dweud y gwir, dylai fod wedi ymyrryd yn y ddadl, oblegid yn ôl arferiad a chonfensiwn y Senedd, ni chaniateid i ddau siaradwr fod ar eu traed yr un pryd. Ond ar achlysur mor hanesyddol â hwn, beth oedd o'i le ar ymestyn a thorri ambell reol ac ychwanegu at ddifyrrwch y deyrnas?

"You distort the tenor of my remarks, Mr Hopkins. Your language is much too colourful."

"Your message deserves the most lurid colouring. You are asking us to transfer the trial of Miss Ffiona Degwel to London. You fear, do you not, that a Welsh court would be biased in her favour? We cannot be impartial! We rejoice in the killing of English kings! The hands of our judges are dripping with royal blood!"

Edmygai Tecwyn berfformiad Prif Weinidog Cymru. Er bod Ellis Hopkins yn fwrlwm o ddicter, eto i gyd roedd ei hunanfeddiant yn sicr, a'i gynulleidfa yng nghledr ei law, a Humphrey Proost yn darged wrth ei fodd.

"I admire your courage, Mr Proost," aeth Ellis yn ei flaen.

"Courage?"

"Courage to the point of recklessness!"

Crychodd Proost ei dalcen. Roedd y pŵr dab yn amlwg yn ei chael hi'n anodd dilyn y cyfeiriad newydd yma yn nadl Ellis.

"It took bravery of the very highest order for you to cross the Severn today," meddai Ellis, "and venture into the midst of this lawless nation. With not a thought for your own safety, and armed only with your sense of superiority, you have sauntered coolly into the ranks of the barbarians. You have –"

"Mr Speaker!" ffrwydrodd Proost. "I really must protest

at Mr Hopkins's interpretation of my remarks. I have great respect for the Welsh nation. A member of my own Government is a Welshman –"

"Ah yes!" meddai Ellis. "A Minister of State, no less! But not quite good enough to be a *Secretary* of State! He must toil under the supervision of an Englishman!"

"Mr Speaker!" Roedd y llais yn gryf ac yn awdurdodol, llais Aneurin Tudor, Arweinydd Plaid Cymru a Gweinidog ar Faterion Cartref yn y glymblaid; dyn pwerus o gorff, a hynny'n gwedddu i gyn-chwaraewr rygbi. Roedd ei nerth fel taclwr yn chwedlonol. Mynych y gwelwyd asgellwr de tîm y gwrthwynebwyr yn ei gael ei hun â'r bêl yn ei feddiant, ac o weld Aneurin yn agosáu, yn rhoi sgrech fyddarol cyn troi a ffoi nerth ei draed at ei linell gais ei hun â'r bêl dan ei gesail. Dim rhyfedd i'r Prif Weinidog Llafur weld y fantais o gael Aneurin yn ei dîm.

"Perhaps," meddai Tecwyn, "the two Prime Ministers would be gracious enough to resume their seats and gather their next thoughts and allow Mr Tudor to address the Senate."

"I notice," meddai Aneurin, "that Mr Proost has a monocle dangling from his lapel. I suppose he is imitating his literary hero, a man for whose prose style he has often expressed great admiration. I refer, of course, to the journalist A A Gill, the monocled scribbler who fancied himself as the scourge of the Welsh people and ended up as their laughing-stock. He spent his dribbling dotage in a home for broken-down hacks. I believe that the more heartless nurses used to tease his befuddled brain by whistling the Welsh National Anthem whenever he came within earshot. It is little wonder that Mr Proost has such a poor opinion of us."

"Mr Speaker!" Roedd Proost ar ei draed eto, ei wyneb ar dân a'i fonocl yn chwyrlïo ar draws ei wasgod. "I deplore this gross distortion of my views!"

"You may deplore as much as you like," meddai Aneurin, "but your bluster cannot camouflage your innermost feelings. You seek to transfer the Ffiona Degwel case to London, under the respectable pretence that our judicial system is too young. But *we* know, and *you* know, the real reason – your conviction that even if the Welsh judicial system were a thousand years old, we still could not be trusted to conduct the trial properly. *Is that not so?*" Pwysodd Aneurin ymlaen, a gwthio'i fynegfys i gyfeiriad Proost.

Sylwodd Tecwyn ar anniddigrwydd Olwen Ingleton, arweinydd Ceidwadwyr Cymru. Eisteddai Olwen yn ymyl Proost, a'i harddwch yn wrthgyferbyniad derbyniol iawn i ddiffygion corfforol y gŵr hwnnw. Bu tipyn o adfywiad yn ddiweddar yn hanes y Ceidwadwyr yng Nghymru, a hynny i'w briodoli yn bennaf i atyniadau cnawdol eu harweinydd. Heidiodd cannoedd i'w galwad, rhai ohonynt yn ddigon galluog, ond pob un ohonynt yn barod i aberthu ei fywyd dros y pinacl o wallt lliw efydd, y llygaid ymerodraethol, y fynwes herfeiddiol, a'r coesau a barodd i wefusau sawl blaenor ddreflan yn afreolus. Roedd Tecwyn ei hun yn fwy na pharod i'w hastudio o'r newydd. "Miss Ingleton!" bloeddiodd, a'i lais yn gwthio'r ddeuddyn oedd ar eu traed yn ôl i'w seddau.

Cododd Olwen i'w llawn daldra o chwe throedfedd, a'i chostiwm las o deilwriad perffaith yn cynnil bwysleisio pensaernïaeth ogoneddus ei chorff. "Mr Speaker!" meddai. O, 'na lais! meddyliai Tecwyn – llais â phob cytsain a phob llafariad yn cofleidio'r gwrandawyr! "Mr Speaker!

Let no-one in this chamber be in any doubt about my Welshness. The blood that throbs and pulsates through my veins is the blood of Welsh princes. Can anyone else in this chamber trace his lineage back to Nest, the daughter of Rhys ap Tewdwr?" Edrychodd Olwen yn nawddoglyd ar y werin o'i chwmpas. "My pride in my nation is fierce, and I do not want that pride to be dented; but dented it *will* be if the trial is held in Wales. I have every confidence in the wisdom of Welsh judges. But what guarantee is there that the *jury* will not have a sprinkling of republicans, eloquent republicans who reviled King Rupert and who will look kindly on his assassin? The king was murdered at a Gorsedd ceremony. There are republicans among the ranks of the Gorsedd." Oedodd Olwen, ac yna aeth yn ei blaen, a'i llais yn dawel ond yn hyglyw i bawb. "There are rumours, Mr Speaker, that those robed republicans conspired to invite the king to the ceremony in order to bring him within reach of the assassin's dagger –"

Torrodd tymestl ar draws y siambr, â mwyafrif yr aelodau ar eu traed yn protestio'n ffyrnig. "Withdraw! Withdraw!" Wedi defnyddio'i forthwyl yn nerthol, a gweiddi "Order! Order!" nes i'w bwysedd gwaed esgyn i'r entrychion, llwyddodd Tecwyn i gael rheolaeth ar bethau. A'r aelodau yn disgyn i'w seddau, roedd Olwen yn dal ar ei thraed.

"I did not say," meddai Olwen, "that I *believed* those rumours. I would not dream of saying so. I know that there are members of this Senate who have been received into the Gorsedd and who stand high in its counsels. I cannot imagine *them* whispering darkly into Ffiona Degwel's ear and egging her on to commit the foul deed.

I was seated in the audience on that fateful afternoon. I witnessed the horror myself. And I could see the outrage that swept through the entire Gorsedd. *I* know that it was genuine outrage. *You* know that it was genuine outrage. But across the Severn and across Offa's Dyke there are thousands of unenlightened people." Ysgydwodd Olwen ei hysgwyddau yn drist. "The English will see conspirators everywhere. They will see them *here*, they will see them in the distinguished ranks of the Gorsedd, they will see them among the most honourable of Welsh jurors. And if a Welsh jury delivers a verdict even minimally sympathetic to Ffiona Degwel – say, a verdict just short of outright murder, a verdict of manslaughter perhaps – then England will be engulfed in fury and will rage at the corruption of the Welsh judicial system and the guile of the Welsh Establishment. But if an *English* jury at the Old Bailey should deliver exactly the same verdict, not a voice would be raised in anger." Anelodd Olwen ei golygon at Aneurin Tudor. "That being so, Mr Tudor, is it not your duty as the Welsh Home Secretary, with responsibility for the judicial system, to transfer the trial to London? Would it not be to Ffiona Degwel's advantage? If she were a friend of mine –" Edrychodd Olwen yn awr ar Gethin Garmon. "If she were a friend of mine, I would be eager to put her fate in the hands of an English jury."

Cododd Gethin ar unwaith… Dyn byr o gorff, yn llond ei groen ac â bol cyffyrddus, gwallt brown tonnog a llygaid gleision, a llais melfedaidd; ei holl ymddygiad yn cyfleu ysbryd o hynawsedd a fu'n fodd, yn y llysoedd, i arwain sawl tyst gelyniaethus i'w ddinistr yn ysgafndroed a llawen. "Mr Speaker! I am very moved by Miss Ingleton's concern for Ffiona Degwel. I am also moved by her pride in her noble Welsh ancestry. Looking at her now, and savouring her obvious attributes, I can well believe that she is descended from the beautiful Nest. Miss Ingleton's presence always illuminates this chamber and unsettles all the men here in the most agreeable way."

Derbyniodd Olwen y ganmoliaeth â gwên raslon. Dyna'r wên, tybiai Tecwyn, a siglodd gynifer o etholwyr Sosialaidd ac a'u rhyddhaodd o'u hen deyrngarwch a'u denu i blith y Ceidwadwyr, a thrwy hynny alluogi Plaid Cymru i ddwyn – yn aml â thrwch blewyn o fwyafrif – cynifer o seddau oddi ar y Blaid Lafur yn y Cymoedd.

"Nest had precisely the same effect on those around her," aeth Gethin yn ei flaen. "Men of rank succumbed to her and eagerly surrendered their virtue to her. It is well documented that King Henry the First of England was one of her conquests." Edrychodd Gethin ar Olwen a gwenu'n ddiniwed, a'r wên yn parhau am hir ac yna, yn nhyb Tecwyn, yn datblygu'n gynnil i awgrymu anlladrwydd yn hytrach na diniweidrwydd. Yn wir, synhwyrai Tecwyn fod holl aelodau'r Senedd yn graddol sylweddoli gwir natur y wên. Fel y dyfnhaodd y distawrwydd yn y siambr, felly y cododd nifer o aeliau. Ac am y tro cyntaf yn ei fywyd, gwelodd Tecwyn arweinydd y Ceidwadwyr yn gwrido... Ond na. O edrych eto ar Olwen, gwelodd Tecwyn nad gwrid a liwiai ei hwyneb, ond cynddaredd. Yr oedd storm yn macsu tu ôl i'r llygaid trahaus.

"Mr Speaker!" Roedd Olwen ar ei thraed eto, a'r daran yn nesáu. "I demand that you suspend Mr Garmon forthwith!"

Ffugiodd Tecwyn syndod pur. "Suspend Mr Garmon? Suspend him? For treating us to a choice morsel of Welsh history? Surely he is not to be punished for disclosing

Nest's dalliance with King Henry?"

"But the way he said it, Mr Speaker! The intonations of his voice! The vile innuendo behind the beguiling words! And behind the silence he so cleverly deployed *after* the words!"

"Innuendo?" Roedd Tecwyn yn ei fwynhau ei hunan yn fawr. "Innuendo? *I* detected none. But perhaps I am being a little obtuse after a heavy lunch. Would you care to enlighten me, Miss Ingleton?"

"The rest of the Senate needs no enlightenment, Mr Speaker; and neither, I suspect, do you. Mr Garmon is slyly suggesting that because I am descended from Nest, I have inherited not only her beauty but also her passion for English kings." Trodd Olwen at Gethin. "Is that not so, Mr Garmon? You wish this Senate – you wish the whole country – to believe that King Rupert was my lover!" Atseiniai'r gair 'lover' ar draws y siambr.

"Dear me!" meddai Gethin. "What an unfortunate turn of events, Mr Speaker! Miss Ingleton reads *so* much into my remarks! My harmless words, even my silences, are invested with the most unsavoury meaning. I would not dream of saying that she had lured King Rupert into her bed. I understand that they were friends; indeed, she told me so herself. Not that she boasted about it. She kept the matter a discreet secret – much to her credit. I believe they shared an interest in genealogy. The King must have considered it an honour to have as a friend a woman with such a long and distinguished lineage, for his own was much shorter. And of course, like all men of flesh and blood, he would have been very susceptible to her charms. But I cannot imagine Miss Ingleton allowing that friendship to develop into something more serious. Warm friendship, yes; but not the torrid tumult of the sheets! Surely not!" Edrychodd Gethin yn daer ar Olwen. "*Surely not!*"

Dwysaodd edmygedd Tecwyn o Gethin Garmon. Llwyddasai'r bargyfreithiwr i ddatgelu'r cyfeillgarwch rhwng Olwen a'r brenin, ac yna fynd ymlaen i wadu, mewn termau negyddol cryf, y posibilrwydd fod y cyfeillgarwch hwnnw wedi datblygu yn rhywbeth dyfnach; ond dan y geiriau negyddol llechai awgrym cryf o'r gwrthwyneb. Eto i gyd, anodd gan Tecwyn ddychmygu Olwen yn cofleidio talp o dewdra seimllyd fel Rupert. Ond beth bynnag am hynny, trwy ddatgelu'r cysylltiad agos rhwng y ddau, llwyddasai Gethin i grybwyll wrth bawb fod Olwen yn chwilio am ddial, dial am lofruddiaeth y brenin; dial benywaidd ar ei ffyrnicaf, siŵr o fod, oedd tu ôl i'w hymdrech i gael Ffiona Degwel gerbron rheithgor yn yr Old Bailey.

Rhoddodd Humphrey Proost arwydd ei fod am siarad eto. "Mr Speaker!" meddai Prif Weinidog Lloegr. "Miss Ingleton is not alone in detecting the innuendo that has outraged her. *I* detected it too. Mr Garmon has defamed her character *and* that of the late king, and –"

"*How?*" Torrodd Ellis Hopkins ar draws Proost. "*How* has the late king's character been defamed? It seems to me that the English Prime Minister himself is now guilty of an innuendo, and a most deplorable one at that."

"An innuendo?" Roedd dryswch llwyr ar wyneb Proost.

"He is saying, in effect," meddai Ellis, "that the mere suggestion that King Rupert found joy in the arms of a *Welsh* woman amounts to a slanderous attack on the king's character. You are digging yourself into a deeper and deeper hole, Mr Proost."

"No, no! I protest! You are twisting my words again!"

"*You* are doing the twisting and wriggling, Mr Proost, and it is not a pretty sight. This senate can spot a superiority complex from afar, especially one with a monocle."

"Mr Speaker! I really must protest at the latitude you are allowing the members of this senate!"

"I have given *you* a great deal of latitude, Mr Proost," meddai Tecwyn. "I have allowed you to come into this chamber on a mission which is an affront to the Welsh people, an affront which will not be forgotten."

Roedd Ellis Hopkins yn dal ar ei draed. "An important constitutional point occurs to me, Mr Speaker. Did the Prime Minister of England consult the new monarch, Queen Matilda, about his mission to this Senate? Did she agree with it?"

"Mr Hopkins should know that I did not need the agreement of the monarch," meddai Proost yn sarrug.

"I am quite aware of that," meddai Ellis yr un mor sarrug. "But as King Rupert's younger sister and his sole surviving relative, she must surely have an opinion on the matter, and just as surely it would have been common courtesy on your part to seek that opinion. She must be feeling very sensitive to every development following from her brother's death. Is she as keen as you are to have the trial transferred to London?"

"The private conversations between the monarch and myself must *remain* private," meddai Proost.

"I take it you will be informing her personally of the result of your mission here?"

"Of course."

"And when she learns of its complete collapse, do you

think she will be as angry as you are? As infuriated as your Cabinet will be? Does she hold the Welsh people in as low esteem as you do?"

"Your questions are constitutionally improper and impertinent. You have no more right to ask them than I have to answer them."

"Oh, I beg to differ! She is still the Queen of Wales, and as her Chief Minister in Wales I believe I am *entitled* to know her sentiments in this matter. Indeed, I will go further. I think I am entitled to have direct access to her, not only to learn of her feelings, but also to convey to her the feelings of this Senate and of the people of Wales. And I am better qualified to do that than you are, would you not agree?"

Daeth corws o "Clywch! Clywch!" o rengoedd yr aelodau.

Cododd Aneurin Tudor, a'r graith rygbi ar ei dalcen yn ychwanegu elfen ddeniadol-fygythiol at ei harddwch. "Mr Speaker! I think Mr Hopkins has made a suggestion which we should consider very seriously. This Senate *should* have direct access to Buckingham Palace. *Our* Prime Minister, no less than Mr Proost, should have a weekly private audience with the new monarch. And now a most interesting train of thought occurs to me. I have heard that Queen Matilda is a very intelligent and enlightened young woman. If that is so, then, in the coming years, this Senate's relations with the Queen may be much more cordial than its relations with the Tory government in London. Indeed, it will assuredly be so if our charismatic Prime Minster makes regular visits to the Palace; Mr Hopkins – and I say this although he belongs to a different Party from my own – Mr Hopkins does have a way with him. What interesting constitutional possibilities will be opened up if the Queen extends a warmer welcome to *him* than to Mr Proost!" Gyda gwên serchus at Proost, eisteddodd Aneurin.

Mynnodd Agatha Ffoulkes sylw'r Llefarydd. Yn ddarlithydd prifysgol wedi ei rhwystro yn ei huchelgeisiau academaidd, roedd Agatha wedi ymddeol yn gynnar a throi at wleidyddiaeth a'i phrofi ei hun yn ymgyrchydd brwdfrydig dros y Ceidwadwyr ac yn aelod seneddol effeithiol iawn. Gwyddai pawb ei bod yn chwenychu statws a safle Olwen, ond roedd yn gwbl amddifad o fanteision corfforol ei harweinydd. Dynes fer a thenau a gwargam, â gwallt tywyll fel pêl o wifrau pigog, llygaid tywyll a threiddgar a phrysur, llais miniog a garw, a cheg wedi ei llunio i gnoi a hollti Sosialwyr... Er hyn oll, roedd si ar led fod gan Agatha chwantau cnawdol peryglus. Yn wir, anelodd arwyddion awgrymog at Tecwyn ei hun un tro, a pheri i hwnnw ofni am y niwtraliaeth wleidyddol a oedd yn rhan anhepgor o'i swydd fel Llefarydd.

"Mr Speaker!" meddai Agatha. "I think it very unlikely that an intelligent and enlightened queen would wish to have a weekly audience with the Prime Minister of a country on whose soil her brother was brutally assassinated. *If* Mr Hopkins has charisma – and I can see very little trace of it from here – but *if* he has it, I doubt whether it will even get past the *gates* of Buckingham Palace. It would get very short shrift from the soldier on duty. A charisma with a bayonet up its posterior would have to beat a swift and spectacular retreat across the Severn."

Cyffrowyd y Ceidwadwyr. O'u meinciau daeth bloeddiadau llawen: "Well done, Agatha! A bold stroke! A telling thrust! A palpable hit!"

"May I ask Mr Tudor," aeth Agatha yn ei blaen, "whether he and Mr Hopkins got together last night to hatch this preposterous idea? Did they go into a furtive huddle? Did they repair to a dark corner of the Senate and conspire by candle-light and beget a scheme to bypass Westminster and forge strong and direct links with the monarch? Dear me! As a historian, I have studied many plots, but this is the most pathetic of them all!"

Cododd Ellis Hopkins. "Dear *me!*" meddai, a gwenu ar Agatha. "The Tory Party sees conspirators everywhere! There are sinister plotters among the Welsh crachach, in the Gorsedd of Bards, in our courts of justice, in this Senate... In the cellars of this very building the conspirators, some of them bearded –" Mwythodd Ellis ei farf. "– in the dim light of the cellars they flit mysteriously, startled by the shadows cast by their own candles. My dear Miss Ffoulkes! A lively and romantic imagination can be most useful to a historian, but occasionally it does need to be kept in check. If I do reach the gates of Buckingham Palace, I shall not be at all surprised to find them already opened, with liveried flunkeys to escort me along red carpets into the royal quarters –"

Torrodd Olwen ar ei draws. "Who is indulging in romantic flights of fancy *now?*"

"We shall see," meddai Ellis. "And now I think it is time to bring this session to a close." Edrychodd ar Proost. "Retrace your steps to London, Mr Proost. We shall give you safe-conduct, so that you will not be set upon and robbed by the barbarous Celtic tribes along the way. And when you reach journey's end, tell your colleagues in Westminster that the trial of Ffiona Degwel will be held in Wales. That is the settled will of my government and of the majority in this Senate. As a concession we shall allow the Palace officials to choose the prosecuting counsel, and furthermore to choose a member of the English Bar, if that is their wish. But let them choose one who is fluent in Welsh, for the proceedings will be conducted entirely in that language; but that should present no difficulties, for I know there are several expatriate bilingual Welshmen who have made their presence felt on the English circuits."

Arhosodd Ellis ar ei draed yn arwydd ei fod yn barod i adael y siambr.

Roedd Tecwyn hefyd o'r farn fod mater Ffiona Degwel wedi cael trafodaeth lawn a theilwng. Bloeddiodd "The session is ended!" Ond arhosodd yn ei gadair i weld enciliad Prif Weinidog Lloegr.

Pennod 3

Yn y Carchar

"CARCHAROR HOLLOL DDIGYWILYDD," meddai Sara Crasnant, rheolwraig y carchar. "Mae sawl llofrudd wedi bod yn y carchar 'ma, ond welais i erioed un mor fodlon ei byd, a'i hymddygiad mor felys tuag at bawb a phobun. Mae'n gas gen i ddweud hyn, ond mae hyd yn oed y wardyrs caleta wedi ymserchu ynddi."

"A chithe?" meddai Gethin. "Sut ydych *chi'n* ymateb iddi?" Craffodd ar y rheolwraig, dynes ryfedd yr olwg, a thop ei phen yn hollol fflat fel pe bai wedi ei dafellu gan wraig tŷ â'i gafael ar y gyllell fara yn eithriadol gadarn. Pwysleisid y siâp unigryw gan y gwallt-draenog cringoch. Gormesid yr wyneb gan y trwyn mawr ymosodol; a'r ên, druan, yn cilio ac yn ymdoddi i'r gwddf. Rhythai'r llygaid gleision caled yn ddiamrantiad, ac awgrymai'r corff tenau, onglog ddynes wedi ei hamddifadu'n llwyr o bleserau'r cnawd.

"*Fi*? Chaiff ei hwynepryd siriol ddim effaith arna *i*. Mae Ffiona Degwel yn warth ar Gymru. Rwy'n synnu bod twrnai amlwg fel chi wedi cytuno i'w hamddiffyn; amhosib ichi ennill yr achos; cwbl amhosib. Ond dyna fe," ychwanegodd Sara yn ddirmygus, "fedrech chi ddim gwrthod y demtasiwn i ymddangos yn yr achos cyntaf o freninladdiad ers canrifoedd."

"Ydych chi wedi cael sgwrs â hi?"

"Wrth gwrs. A dweud y gwir, roedd hi ger fy mron y bore 'ma ac yn eistedd yn yr union gadair rych chi ynddi nawr."

"Ac un o'r wardyrs yn ei hymyl, debyg iawn," meddai Gethin â gwên. "Wedi danfon *brenin* o'i waith i'w wobr, hawdd iawn fyddai iddi geisio lladd rheolwraig carchar."

"Dim ond ni'n dwy oedd yma, Mr Garmon. *Feiddiai* hi ddim ymosod arna *i*."

"Oedd ganddi rywbeth diddorol i'w ddatgelu?"

"Dim o gwbl," cyfarthodd Sara. "Gwrthod yn bendant sôn am ei theulu a'i chefndir, a throi pob cwestiwn i'm cyfeiriad *i*, a holi am fy hanes *i*. Haerllugrwydd y fenyw! Yn gwenu drwy'r cyfan, ac yn dweud mod i'n ei hatgoffa hi am Anubis."

"*Pwy?*"

"Roedd yr enw'n gwbl ddieithr i mi hefyd. Rhyw dduw o'r Aifft, yn ôl y llofrudd serchus. Fy nghyffelybu *i* i dduw paganaidd!"

"Anfaddeuol, Miss Crasnant! Yn cyfiawnhau ei gosod ar ddeiet o fara a dŵr am gyfnod hir."

"Ydw i'n clywed nodyn o wawd yn eich llais chi, Mr Garmon?"

"Na, na!" meddai Gethin yn frysiog.

"Nid peth hawdd yw trafod teip Ffiona Degwel. Does ganddi ddim rhithyn o edifeirwch; yn ymddwyn fel arwres ddihalog, ond â'i henaid yn bygddu ac mor ddrewllyd â pherfedd Satan. Mi hoffwn ei chwipio hi o un pen y carchar i'r llall."

"Diar mi! Mae hi *wedi* mynd dan eich croen chi, Miss Crasnant. Ydy hi'n ddoeth i reolwraig deimlo mor emosiynol ynghylch un o'i charcharorion?"

"Hi yw troseddwr y ganrif, Mr Garmon! Ond fe gadwa

i fy nheimlade dan reolaeth. Fe gaiff hi'r un driniaeth â phawb arall; ond debyg iawn ei bod hi'n synhwyro fy nghasineb tuag ati. Rwy'n edrych ymlaen at y foment pan ddedfrydir hi i garchar am oes."

"Rych chi'n berffaith siŵr y ceir hi'n euog?"

"O, dewch nawr, Mr Garmon! Hyd yn oed â'ch holl ddonie cyfreithiol, does gennych chi ddim gobaith ei dwyn hi o grafange cyfiawnder. Fe welwyd ei hanfadwaith gan y genedl gyfan ar y teledu. Ac wrth gwrs, yn y llys mi fydd hi dan lach erlynydd enwoca Lloegr, Syr John Lloyd-Fortescue. Mae 'na sôn ei fod e ar fin cael ei ddyrchafu'n farnwr yr Uchel Lys. A phob parch ichi, Mr Garmon, mae hi ar ben ar eich achos."

"A wel, rhaid gwneud y gore o'r gwaetha a milwrio ymlaen. Ga i weld Miss Degwel nawr?"

"Wrth gwrs." Gwasgodd Sara fotwm ar ei desg. "Roeddwn i wedi ystyried gadael ichi ddefnyddio'r ystafell hon; tybio roeddwn i y byddai awyrgylch yr ystafell yn gyfrwng i wareiddio'r greadures. Ond wfft i'r fath syniad. Mae Ffiona Degwel tu hwnt i bob help."

Crwydrodd llygaid Gethin ar draws yr ystafell. Anodd dychmygu lle llai tebygol o wareiddio pobl… Muriau moel, cypyrddau dur, cadeiriau dur, silffoedd dur, a'r silffoedd yn llawn cyfrolau swmpus yn ymwneud â Chyfraith Cymru, Cyfundrefn Llysoedd Cymru, a chanllawiau i benaethiaid Carchardai Cymru. Chwiliodd Gethin am rywbeth i liniaru oerni'r awyrgylch – llun teuluol, tlws o flodau, memento personol – ond chwiliodd yn ofer.

Cnoc ar y drws, a Sara'n cyfarth, a wardyr fach fer a phrin ei hanadl yn dod i mewn.

"A, Miss Richards! Ewch â Mr Garmon i gell Ffiona Degwel."

Hebryngwyd Gethin ar hyd sawl coridor ac o'r diwedd daethant at gell â'r geiriau 'Carcharor 7. Ffiona Degwel.' ar y drws dur, a'r drws yn agor yn llyfn a thawel.

"Ti sy 'na Miriam?" daeth y llais siriol o'r tu mewn. "Dere di!" A'r wardyr fach, fel pe bai wedi aros am yr hawl, yn mynd i mewn ac yn arwyddo i Gethin ei dilyn.

"A! Diolch am ddod ag anrheg mor dderbyniol, Miriam! Fe gei di'n gadael ni gyda'n gilydd nawr. Mae gan Gethin a minne sawl cyfrinach beryglus i'w rhannu."

Cofleidiwyd Gethin yn wresog gan y llofrudd a'i wthio at gadair, a honno braidd yn annigonol ar gyfer ei ben-ôl sylweddol. Edrychodd ar Ffiona. Er gwaethaf yr iwnifform carchar lwyd, pelydrai ei phersonoliaeth yn llawen, â llewyrch ei chroen a thân ei gwallt a diawlineb ei llygaid yn goleuo'r gell.

"Dwyt ti ddim yn dew, Gethin – dim eto; ond mae'r arwyddion yn dechrau dangos. Pan ddo' i allan o'r lle 'ma, mi gymera i di mewn llaw. Beth yw dy farn di am y *suite* breifat 'ma? Mae hi braidd yn foel, wrth gwrs. Fe awgrymais i nifer o wellianne i Miss Crasnant, ond yn ofer. Ond fel y gweli di, gwnes fy ngore i wella pethe."

Hoeliwyd llygaid Gethin gan ddarlun di-ffrâm wedi ei osod ar y wal uwchben y gwely a'i sicrhau â thâp gludiog. Prif nodwedd y darlun oedd dyn barfog, cyntefig, hanner noeth, yn ei gwrcwd ar y ddaear, a chanddo dorch drwchus am ei wddf ac olwyn fawr yn ei law chwith, ac yn ei law dde ryw arf mileinig yr olwg, hanner-morthwyl, hanner-bwyall.

"Wyt ti'n hoffi cael dynion fel 'na o amgylch dy wely, Ffiona?" Cyfeiriodd Gethin at y ffigur hunllefus.

"A! Fy ngwaith llaw *i.*"

"Nid *cweit* y peth i greu breuddwydion melys. Pwy yw e?"

"Taranis, Duw Celtaidd, Duw y Taranau. Un o'm ffefrynne. Wrth fynd ati i'w baentio, fe ddefnyddiais i gerflun bach yn fodel, cerflun y des i o hyd iddo wrth gloddio am weddillion cynhanesyddol ryw flwyddyn yn ôl."

"A sôn am dduwie, pwy yw'r Anubis 'ma y buest ti mor annoeth â sôn amdano wrth Miss Crasnant?"

"A! Un o dduwie'r hen Eifftiaid, a chanddo ben ci. Mae'r tebygrwydd rhyngddo ef a Miss Crasnant yn drawiadol. Anubis a lywyddai yn y defode angladdol, yn goruchwylio'r broses o iro'r corff rhag pydru, a'i lapio mewn llieinie, ac yna dywys enaid yr ymadawedig i'r Is-fyd a'i ddwyn gerbron Osiris."

"Pawb â'i ddiléit," meddai Gethin. "Da o beth na roddaist y manylion yna i Miss Crasnant. Dwyt ti ddim yn hoff iawn ganddi fel y *mae* pethe, a thithe mor ddigywilydd, meddai hi."

"O, rwy *yn* ddigywilydd, cyn belled ag y bo lladd y brenin yn y cwestiwn."

"Mae Lloegr i gyd yn dal yn ferw. Welaist ti'r angladd ar y teledu?"

"Wrth gwrs, ar y sgrin fach 'na yn y cornel. Roedd yr orymdaith i Abaty Westminster yn fendigedig o urddasol. Ond uchafbwynt yr achlysur i mi oedd anerchiad yr Archesgob. Mi ges i fy fflangellu ganddo. Cofia, dw i ddim yn siŵr mai Abaty yw'r lle addas i ymosodiad personol fel 'na; ond mi fwynheais i bob gair! A'r gynulleidfa'n cymeradwyo, *if you please!* Mewn angladd!"

"Mae holl genedl y Saeson wedi gwylltio, fel y gwyddost yn iawn, Ffiona. Mae'n syndod nad ydyn nhw wedi heidio yn eu miloedd dros y ffin a bloeddio'u ffordd at dy gell di. Ac wrth gwrs, rwyt ti wedi gosod chwaer Rupert ar yr orsedd. Mae Matilda yn dipyn o 'unknown quantity', a llywodraeth Lloegr braidd yn nerfus yn ei chylch hi. Ac fe ddylet *ti* fod yn nerfus hefyd. Mae dy ddyfodol di yn eitha tywyll."

"Nonsens! Mae gen i'r twrnai gore yn y byd. Diolch i ti am neidio i'r adwy. Gyda llaw, wyt ti wedi darllen fy awdl?"

Anodd gan Gethin gredu ei glustiau. A hithau o bosib yn wynebu oes mewn carchar, dyma Ffiona'n cyfeirio'n ysgafn at ei hawdl, fel pe bai'r ffurfafen yn dragwyddol las. Ond un fel yna y bu hi erioed. Yn y Brifysgol, a'r ddau ohonynt yn gyfoedion yno, profodd Ffiona ei hun nid yn unig y fyfyrwraig ddisgleiriaf ar y campws, ond hefyd yr un fwyaf egnïol, yn mynychu partïon a dawnsfeydd di-ben-draw, ac yn dal i befrio yn oriau mân y bore a phawb o'i hamgylch yn edwino gan flinder. Ymadawodd â'r Brifysgol â gradd lewyrchus tu hwnt dan ei chesail. Yna sefydlu gwasg a chanolfan yn arbenigo mewn Archaeoleg Geltaidd ac ysgrifennu cyfrol awdurdodol ar ddefodau'r hen Geltiaid ac arwain ac ariannu sawl menter archaeoleg-ol ledled Prydain; cyfansoddi barddoniaeth ac ennill Coron y Brifwyl am bryddest hanesyddol o fywiog; a chipio Cadair y Brifwyl am awdl a fyrlymai â ffraethineb a drygioni ac athrylith. Ac yna lladd Brenin Lloegr.

"Ydw, rwy *wedi* darllen yr awdl, Ffiona; campwaith anwadadwy. Ond nid dod yma i drafod dy farddoniaeth wnes i. Rwy'n ceisio paratoi dy amddiffyniad. Er mwyn popeth, rho dy feddwl ar fater pwysicach hyd yn oed na dy awdl. Mae'r ffaith i ti ladd y brenin yn amlwg i bawb. Rho *rywbeth* imi weithio arno. Efallai y medra i berswadio'r rheithgor i'th ddyfarnu di'n euog o ddynladd-iad yn hytrach na llofruddiaeth."

"A sut cyflawni di hynny?"

"Drwy bledio dy fod yn goddef o ryw straen meddyliol ar y pryd."

"Doeddwn i ddim. Fuodd fy nghyneddfe meddyliol erioed mewn gwell cyflwr."

"Diolch. Hawdd fyddai meddwl dy fod ti *am* dy gael yn euog o lofruddiaeth. Mae'r sefyllfa'n afreal tu hwnt. Rwy wedi amddiffyn rhyw ddwsin o bobol ar gyhuddiad o lofruddiaeth, a phob un ohonynt yn ysu am waredigaeth. A dyma fi nawr yn amddiffyn ffrind mynwesol, a honno'n ymddangos yn gwbl ddifater ynghylch y ddedfryd. Beth yn y byd sy wedi dy feddiannu, Ffiona? Ysgolhaig disglair a byd-enwog, bardd athrylithgar, menyw-fusnes lwyddiannus, ac yn awr yn barod i daflu'r cwbl i ffwrdd. Mae *hynny* – a maddau imi am ddweud hyn – ond yng ngolwg rhai pobol, mae *hynny* yn arwydd o ymennydd mewn cyflwr abnormal, neu o leiaf o enaid dan straen aruthrol."

Pwysodd Ffiona ymlaen. "Does gen ti ddim syniad pa mor eiddgar rwy'n edrych ymlaen at weld yr achos yn cychwyn yn y llys."

"Dw *i* ddim yn edrych ymlaen."

"Ond dyw'r ffeithie i gyd ddim gennyt ti."

"Mae gen i ddigon i'm taflu i bydew anobaith. Y byd yn dyst iti wthio dagr i fynwes y brenin, a thithe nawr yn ei gwneud hi'n amhosib imi gynnig amddiffyniad rhesymol."

"O, dyw hynny ddim yn wir, Gethin. Y cwbl ddwedais i oedd bod f'ymennydd mewn cyflwr ardderchog – fel arfer. Efallai mod i'n teimlo'n ddig wrth y brenin –"

"Yn *ddig?* Fydd hynny o ddim help o gwbl iti. Fedri di ddim defnyddio pwl bach o ddicter i gyfiawnhau lladd brenin."

Edrychodd Ffiona i fyw ei lygad, a'i llygaid *hi*, am y

tro cyntaf y prynhawn hwnnw, yn ddwys. "Y Brenin Rupert," meddai, a'i llais yn ddifrifol oer, "oedd y dihiryn mwya i eistedd ar orsedd Lloegr erioed. Mi wna i hynny'n gwbl glir yn y llys, a thithe'n fy annog i ddatgelu mwy a mwy o'i bechode, er lles a llawenydd y rheithgor."

"Rwyt ti'n mynd i eithafion, Ffiona. Doedd Rupert ddim yn ddyn golygus nac o bersonoliaeth hawddgar iawn, mae'n wir; ond am ei gymeriad a'i fywyd preifat, wel, does 'na fawr o wybodaeth am y rheiny. Ac wedi'r cyfan, roedd ganddo'r graslonrwydd i ymuno â Gorsedd y Beirdd."

"*Dihiryn* oedd e, pencampwr y pechaduriaid, *demon.*" Codai llais Ffiona wrth iddi fynd yn ei blaen. "Demon, llysgennad o Gehenna!"

"Dwn i ddim ble cefaist ti'r wybodaeth hynod yma am gymeriad y brenin, ond fydd neb yn dy goelio di. A beth os *yw* dy ddadansoddiad di o'i gymeriad yn wir? Pa les fydd hynny iti yn y llys? Fe ystyrir y cyfan yn gyfreithiol amherthnasol."

"Un funud, Gethin bach. Onid yw'n gywir dweud bod diffynnydd a gafodd ei bryfocio gan yr hwn a laddwyd yn medru pledio hynny yn y llys, er lles mawr i'w achos?"

"Ydy. Ond dwyt ti ddim yn mynd i awgrymu i'r llys fod y brenin wedi dy bryfocio di'n bersonol? A bod ei gymeriad gwarthus e – os *oedd* e'n warthus – wedi effeithio gymaint arnat ti nes cyfiawnhau iti ei ladd?"

"Yn gwmws!"

"Dere nawr, Ffiona! Rwyt ti'n byw mewn byd o ffantasi. Fe rwygir dy ddadleuon di yn rhacs jibidêrs gan Lloyd-Fortescue."

"I'r gwrthwyneb. Erbyn imi orffen fy nhystiolaeth, bydd Lloyd-Fortescue yn adfail cyfreithiol, a thithe'n mwynhau camp fforensig fwya dy fywyd."

"Er mwyn popeth, Ffiona, rho stop ar y breuddwydio 'ma. Ydy Taranis fan acw wedi lluchio llucheden atat ti a chwalu dy synnwyr cyffredin? Nawr gwranda arna i. Rho reswm imi dros bledio yn y llys dy fod ti'n goddef dan straen meddyliol pan gyflawnaist ti'r drosedd, neu mi fydd hi ar ben arnat. Hyd yn hyn, does gen i *ddim* i weithio arno." Cymerodd Gethin bapur a phensil o'i boced, a pharatoi i ysgrifennu nodiadau. "Nawr dwed wrtho i, pryd cefaist ti'r syniad o ladd y brenin? Pryd yn union y gwreiddiodd y gwallgofrwydd yn d'ymennydd?"

"*Nid* gwallgofrwydd, Gethin. Sawl gwaith y mae'n rhaid imi ddweud wrthot ti?"

"O'r gore. Ond pryd yn gwmws ddechreuodd y peth? Wyt ti'n cofio?"

"Yn glir iawn. Ar fore Gorffennaf hyfryd, a minne newydd gyrraedd adre o'r feddygfa –"

"Meddygfa?" Gwawriodd gobaith ym mynwes Gethin. "Oeddet ti'n sâl?"

"Na, na! Ond wrth imi agor y drws, dyna lle'r oedd y llythyr tyngedfennol."

"Llythyr? Pa lythyr?"

"Llythyr gan Ysgrifennydd yr Eisteddfod Genedlaethol, yn dweud mod i wedi ennill y Gadair. Gwelais law Rhagluniaeth yn y llythyr 'na."

"Am beth wyt ti'n baldorddi *nawr*?"

"Paid â bod yn dwp, Gethin! Fe wyddwn fod y brenin i gael lle anrhydeddus ar y llwyfan yn ystod y seremoni gadeirio, a Rhagluniaeth felly yn ei osod o fewn fy nghyrraedd. Roedd y duwie Celtaidd yn brysur! Y brenin yn cael ei gynnig fel aberth i mi!"

Am eiliad tybiai Gethin iddo weld pelydryn o wallgofrwydd yn llygaid Ffiona. Roedd hi'n athrylith mewn sawl maes; ond tenau iawn oedd y llinell rhwng athrylith ac ynfydrwydd. A dorrwyd y llinell yn ymennydd Ffiona? Ac ai hynny oedd ei hunig obaith yn yr achos llys?

"Felly buost yn cynllunio'r llofruddiaeth am wythnose cyn ei chyflawni."

"Do, Gethin, a mwynhau pob munud, gan edrych ymlaen yn ddirfawr at weld wyneb y brenin wrth iddo f'adnabod i ar y llwyfan."

"D'adnabod di? Oedd e'n d'adnabod di?"

"Wrth gwrs! Wyddet ti ddim mod i'n symud mewn cylchoedd mor ddyrchafedig!"

"Pa mor dda oeddet ti'n ei adnabod?"

"Dwyt ti ddim yn fy nghredu, wyt ti?"

"A thithe wedi mynegi cymaint o ddirmyg at y syniad o frenhiniaeth, mae'n anodd gen i gredu dy fod ti wedi meithrin unrhyw fath o adnabyddiaeth o Rupert."

"*Fe* aeth i dipyn o drafferth i ddod i f'adnabod *i*. Roedd y diawl yn honni diddordeb mewn archaeoleg, ac yn Llywydd Cymdeithas Archaeolegol Lloegr. A dyna'r rheswm imi gael fy hun yn ei ystafelloedd preifat ym Mhalas Buckingham fis Mai diwetha. Roedd newydd gael gwahoddiad i ymuno â Gorsedd y Beirdd, ac yn teimlo ei bod yn ddyletswydd arno ehangu ei wybodaeth am hanes Cymru ac am greirie archaeolegol yr hen Geltiaid."

"Fe gefaist ti dy wahodd i'r Palas i roi gwers iddo?"

"*Fi* gafodd wers ganddo *fe*."

"O?"

"Galla i ei weld e nawr, yn lolian yn ei gadair freichie ac yn gwenu arna i dros ei wydraid o win… Gwên â thro ynddi. Sylwaist ti ar hynny erioed? Gwisgai siwt werdd dywyll o doriad od iawn â motiff herodrol wedi ei wau i mewn i'r llabedau. Roedd ei siwt hynod, ei wên gam a'i groen gwelw, ei fol anferth a'r llais rhyfedd a sleifiai allan o'i wefuse – wel, roedd y cyfan yn creu argraff sinistr. Dyna'r gair. Sinistr. Pe baet ti yn ymyl y dyn, dyna'r gair a neidiai i dy feddwl. Hyd yn oed dan do, roedd rhyw gysgod anweledig o gwmpas y brenin.

"Mae gen ti ddychymyg ffrwythlon, Ffiona."

"Doedd 'na ddim byd dychmygol yn y ffordd yr ymosododd Rupert arna i a'm treisio."

Llyncodd Gethin ei boer a thasgodd ei bensil o'i fysedd. "Dwyt ti ddim o ddifri, Ffiona?"

Llosgai atgasedd yn llais ac yn llygaid Ffiona. "Eisteddai bwystfil ar orsedd Lloegr – dyna gyfrinach ore'r ganrif. Mae'n siŵr fod rhai o weision y Palas yn y gyfrinach, wrth gwrs, ond feiddien nhw ddim datgelu'r ffieidd-dra. Ac am y merched eraill a ddioddefodd fel fi, wel, mae'n siŵr mai Saeson oedden nhw, a bod gormod o fraw arnynt i ddweud gair; neu efallai iddynt gredu eu bod nhw wedi'u hanrhydeddu. Fi oedd y Gymraes gynta felly i gael y profiad. Ond nid gwaed ffiwdal a gwasaidd sydd yn fy ngwythienne i. Mae 'nhafod i yn rhydd. Pan ddaw 'nhro i i siarad yn y llys… O, brysied y dydd, Gethin bach!" Cododd Ffiona a sefyll yn gadarn o flaen Gethin â'i thraed ar led. "Druan â Lloyd-Fortescue! Pŵr dab!"

Pennod 4

Yn y Tywyllwch

ROEDD TRI OHONYNT. Ar gyrion y pentref, trodd Quintin Cadwaladr y car i mewn i lôn gul a diffodd y goleuadau ac yna, yng ngolau'r lleuad, gyrrodd yn araf at adfail o fwthyn. "Mae 'na hen sied y tu ôl," meddai; "lle braf i guddio car... Dyma ni. Brysia i agor y drws, Osbert."

Anodd dychmygu Osbert Meyrick yn brysio; lluniwyd ei gorff swmpus ar gyfer ymgyrchoedd mwy hamddenol. Ond fel Llywydd y Cambrian Monarchist Society, roedd wedi mynnu dod. Ac yntau wedi ei ffyrnigo gan lofruddiaeth y brenin, bu'n anodd ei gadw dan reolaeth yng nghyfarfodydd y Gymdeithas. Bloeddiai a dwrdiai'n ddiddiwedd, a tharo'r ford, a rhuo, "Dialedd nawr! Ar unwaith! Bwrw'n ôl yn gyflym ac yn farwol!" Gwibiai holl liwiau'r enfys ar draws ei wynepryd, tra siglai ei enau gan gynddaredd, ei fwstas melyn hir a thrwchus yn crynu wrth droi o amgylch ei fochau, ei ben moel yn ddisglair-wlyb a'i lygaid gwaedlyd yn fflachio.

Rhywsut neu'i gilydd, llwyddodd Osbert i'w ryddhau ei hun o'r car, ac ymlwybrodd tua'r sied.

"Wyt ti'n iawn yn y cefn, Vavasor?" holodd Quintin.

"Iawn," daeth llais main Vavasor Simlot, organydd a chôrfeistr yr eglwys gadeiriol.

Ac Osbert wedi llwyddo, ar ôl tipyn o ymgodymu, i agor drysau'r sied, modfeddodd Quintin y car i mewn.

"Mas â ni, Vavasor, a bydd yn ofalus â'r bag 'na, rhag ofn inni gael ein *hunain* yn wenfflam."

Sleifiodd y tri ohonynt allan o'r sied a cherdded yn llechwraidd ar hyd y lôn, un ar ôl y llall â Quintin yn arwain. Wrth gyrraedd y briffordd, stopiodd Quintin yn sydyn gan beri i Osbert faglu yn ei erbyn. "Diawl, Quintin, rho rybudd!" chwyrnodd Osbert ac ailosod ei het bowler yn daclus ar ei glopa, a chwerthiniad tawel Vavasor o'r tu ôl yn cyfoethogi'r ddrama.

"Mofyn sicrhau bod y ffordd yn glir," meddai Quintin. "Fedrwn ni ddim bod yn *rhy* ofalus am dri o'r gloch y bore. Mae popeth i'w weld yn iawn. Fe lynwn ni wrth fôn y clawdd. Os gwelwn ni neu os clywn ni rywbeth amheus, i lawr â ni ar ein bolie i'r gwter. Dilynwch fi! Dim ond canllath sy rhyngon ni a'r nod."

A'r gwair gwlithog yn sisial wrth eu sgidiau, cerddodd y tri ymlaen yng nghysgod y berth. Roedd Quintin yn argyhoeddedig mai dim ond unwaith o'r blaen yn hanes Cymru y bu i driawd mor annhebygol fentro ar y fath ymgyrch: Vavasor y cerddor; Osbert y teicŵn, perchennog cadwyn o bapurau newydd ledled Lloegr ac Ewrop; a Quintin ei hun, darlithydd yn y Saesneg ym Mhrifysgol Cymru, a'r ffefryn i etifeddu'r Gadair Saesneg nesaf a ddeuai'n wag – dim ond i'w weithrediadau chwyldroadol ddal yn gudd.

Dynesodd goleuadau o gyfeiriad y pentre, goleuadau car, a neidiodd y tri ohonynt i'r gwter. "Pawb yn llonydd!" gorchmynnodd Quintin. Bu Rhagluniaeth yn garedig wrthynt, yn sicrau tywydd teg a ffos sych. Gorweddai'r tri chynllwyniwr yn anesmwyth, ac Osbert yn chwythu fel morfil.

"Ydy'r bag yn ddiogel gen ti, Vavasor?" sibrydodd Quintin.

"Wrth gwrs! Wyt ti'n meddwl y byddwn i mor ddwl â'i chwifio at yrrwr y car?"

Rhuodd y car heibio iddynt, a'i oleuadau'n cilio ac yna yn ildio i'r lleuad.

Mentrodd Quintin ei ben uwch y parapet o bridd. "Popeth yn glir eto!"

Ymlaen â nhw gan gadw'n dynn wrth y berth. Siglwyd y tri ohonynt gan dylluan yn ymarfer ei hunawd eisteddfodol gerllaw, a Vavasor yn sibrwd yn gryg, "Uffern dân! Mae fel Babel 'ma!"

"Dyma ni!" meddai Quintin.

O'u blaenau safai adeilad pen prif stryd y pentref, adeilad modern a sylweddol ond eto'n bleserus iawn i'r llygad, fel y gellid disgwyl o gofio mai cynnyrch ysbrydoliaeth Ffiona Degwel ydoedd. Dyma'r Ganolfan Archaeoleg Geltaidd, Mecca ysgolheigion o bedwar ban byd, yn cynnwys casgliad amhrisiadwy o greiriau ac arteffactau Celtaidd wedi eu darganfod gan Ffiona, arteffactau mwy gwerthfawr hyd yn oed na'r rheiny o Hallstat a La Tène.

"Wyt ti'n siŵr nad oes neb yn yr adeilad, Quintin?" gofynnodd Vavasor.

"Perffaith siŵr. Mae'r lle yn cau am chwech o'r gloch bob nos, a does neb yn fflat breifat Ffiona Degwel nawr, wrth gwrs. Nawr mae pawb yn gwybod beth i'w wneud. Ti Osbert i fod ar wyliadwriaeth yn y stryd; fi i agor ffenest fechan y toiled yng nghefn yr adeilad – fe'i datgloais ar ddiwedd y prynhawn, gan ofalu mai fi oedd ymwelydd olaf y dydd. Yna mi wthia i Vavasor drwy'r ffenest, a Vavasor wedyn i agor drws y patio cefn o'r tu mewn. Yna fe awn ni'n dau, Vavasor a minne, i'r cyntedd i danio'r ddyfais. Popeth yn glir? Iawn! I'r gad!"

Gan adael Osbert yn y stryd, aeth Quintin a Vavasor ati â'r teclyn pwrpasol i dorri clo'r glwyd, ac yna frasgamu'n dawel ar hyd talcen yr adeilad a throi'r cornel i gyrraedd y ffenest fechan.

"Reit!" meddai Quintin, a gwthio llafn cyllell rhwng y ffrâm a'r ffenest, a'r ffenest yn agor yn ddidrafferth. "Nawr 'te, Vavasor!"

"Mae'r ffenest yn uwch nag oeddwn i'n disgwyl. Plyga lawr, Quintin. Fe ddefnyddia i dy gefn fel safle lansio."

Mewn chwinciad roedd Vavasor hanner y ffordd drwy'r agoriad, a'i goesau'n chwifio fel semaffor. "Gwthia fi, Quintin! Rwy'n sownd yn ochre'r blydi ffenest! Gwthia fi! Fedra i ddim gweld unrhyw beth imi afael ynddo!"

"Dal yn llonydd am eiliad. Mi ro i wthiad nerthol i dy ben-ôl di. Wyt ti'n barod?"

Roedd yn amlwg na wyddai Quintin ei gryfder ei hun. Wedi gwthio, edrychodd i fyny a gweld traed Vavasor yn chwifio ffarwél, a'r cerddor yn diflannu o'i olwg, ac yna sŵn cwymp a gwrthdaro ac wylofain tawel.

"Wyt ti'n iawn, Vavasor?"

"Mae'r tŷ bach Celtaidd 'ma wedi tynnu gwaed, myn diawl i! Rwy'n teimlo llif ar draws fy nhalcen."

"Dal dy ddŵr, Vavasor! Defnyddia'r tors!"

Distawrwydd, ac yna ffenest y toiled yn olau.

"Da iawn!" meddai Quintin. "Ond cyfeiria'r tors at y llawr. Nawr dos allan o'r tŷ bach ac agor y drws cynta ar y chwith, y drws i'r swyddfa. Wedyn i mewn i'r swyddfa at ddrws y patio, a chodi'r ddolen a'i thynnu atat ti. Brysia, Vavasor!"

Ffenest y tŷ bach yn dywyll drachefn, a Quintin yn mynd at ddrws y patio ac aros oesoedd. Ble ddiawl aeth y ffŵl? O'r diwedd ymddangosodd ffurf Vavasor drwy wydr drws y patio, a Vavasor yn ymbalfalu â'r ddolen, y drws yn agor yn wichlyd, a Quintin yn neidio i mewn a chau'r drws y tu ôl iddo. "Rho'r tors i mi, Vavasor. Nawr dilyn fi."

Buasai Quintin yn ymwelydd cyson â'r Ganolfan, a hynny yn ei alluogi i symud yn gyflym ac yn eofn a chyrraedd ei nod yn ddidrafferth. Dyma'r cyntedd, lle enfawr wedi ei gynllunio'n ddychmygus tu hwnt. Roedd y cyfan ar ffurf tirlun Celtaidd, yn frith o nodweddion ar raddfa fechan, miniaturau o gromlechi a charneddi a themlau, ynghyd â cherfluniau a ffigurau manwl gywir eu dimensiynau: ffigurau o ryfelwyr a'u harfau, a thywysogion ac offeiriaid yn llwythog â gemau a thorchau a thlysau a breichledau. Teimlai Quintin ei fod ym mhresenoldeb pwerau cyntefig, â golau gwan y tors yn ychwanegu at ei anesmwythyd.

"Dyma beth *yw* golygfa drawiadol," murmurodd Vavasor, a chwibanu'n isel.

"Gwna'r mwya ohoni," meddai Quintin. "Mae'n bryd chwalu breuddwydion Celtaidd Ffiona Degwel. Mi osoda i y ddyfais ffrwydro dan fantell y Derwydd yma. Hoffai'r Derwyddon losgi eu haberthau, felly fe gaiff hwn flas o'i foddion ei hun. Dal y tors am funud, imi baratoi'r ddyfais."

Yn ofalus, tynnodd Quintin y ddyfais o'r bag; dyfais arw, wedi ei chreu gan Quintin yn ôl cyfarwyddiadau llawlyfr a brynodd mewn siop llyfrau ail-law: cymysgedd o gelignit a phetrol, ynghyd â ffiws digon hir i alluogi'r cynllwynwyr i ddianc cyn i'r holl adeilad syrthio am eu clustiau yn ffwrnais o fflamau.

"Rho'r matsys imi," meddai Quintin.

"Matsys? *Ti* oedd i ddod â'r matsys."

"Arglwydd Mawr! Oes raid i *mi* wneud popeth?"

Teimlai Quintin ei nerfau yn mynd yn frau. "Dos i ofyn i Osbert. Os nad yw'r blwch matsys ganddo *fe*, mae ar ben arnon ni. Yr holl fenter yn ofer! O ddiffyg un fatsen! Dos â'r tors 'ma, neu mi fyddi di'n siŵr o faglu dros rywbeth."

Wrth iddo swatio ar ei ben ei hun yn y tywyllwch, gormeswyd Quintin gan ofn anarferol, y teimlad o gael ei ynysu mewn byd hollol ddieithr. Gwyddai yn iawn mai ei ddychymyg oedd yn chwarae triciau, yn hogi ei ymwybyddiaeth o'r pethau o'i amgylch, pethau anweledig iddo nawr ond eto yn gryf eu presenoldeb: y beddau megalithig, y rhyfelwyr barbaraidd, yr helwyr mileinig, yr offeiriaid yn llafarganu eu gweddïau i'w duwiau cyntefig. Bron na chlywai'r lleisiau yn atseinio ar draws y mynyddoedd moel a'r corsydd a'r pentiroedd creigiog. Dychlamodd ei galon. Credai iddo glywed sŵn yn y cornel pellaf, rhyw fath o siffrwd neu sisial. Rhythodd i berfedd y tywyllwch… Tawelwch… Roedd yn bryd iddo ffrwyno'i ddychymyg. Ond dyna'r sŵn eto, yn dod o'r union fan lle safai rhyfelwr Celtaidd. Gallai Quintin, yn y gwyll, gofio'n iawn holl nodweddion y ffigur barbaraidd: y coesau ar led, y clogyn yn chwifio yn y gwynt, y darian bren yn ei law chwith, y cleddyf haearn yn ei law dde, ei lygaid gwaetgoch yn pelydru atgasedd. A symudai'r rhyfelwr tuag ato? Ceisiai llygaid Quintin dreiddio'r tywyllwch, ond yn ofer; roedd y llenni ar draws y ffenest yn llawer rhy drwchus i ildio i olau'r lleuad y tu allan. Gwibiodd ias trwy ei gorff, ac yna deimlad o gywilydd o'i gael ei hun yn crynu fel plentyn ofnus, a dim mwy na llygoden, yn ôl pob tebyg, wedi creu'r siffrwd ym mhen draw'r cyntedd. Ond dyna ryddhad o weld Vavasor a'i dors yn dychwelyd!

"Mae pethe'n gwella, Quintin! Roedd y blwch matsys gan Osbert. Dyma fe."

"A phopeth yn iawn y tu allan?"

"Neb ar gyfyl y lle."

"Reit. O'r eiliad y cyneua'r ffiws, bydd gennym ryw ddwy funud cyn y ffrwydrad, digon o amser inni ei heglu hi yn ôl i'r car a dianc yn ddiogel." Crafodd Quintin y fatsen yn erbyn y blwch. Dim fflam. Ceisiodd eto, gyda'r un canlyniad. Ymbalfalodd y tu mewn i'r blwch, a gafael mewn matsen arall, a'i thynnu'n wyllt ar draws y blwch ond eto'n ofer. "Be ddiawl sy'n bod ar y pethe 'ma?" A'i fysedd yn crynu, defnyddiodd naw matsen arall heb gynhyrchu'r un fflam. "Mae'r blydi matsys 'ma'n llaith! Ble uffar oedd Osbert yn eu cadw? Yn ei bot piso? Mi ro i *un* cynnig arall arni. Os na lwydda i y tro 'ma, i ddiawl â'r holl fenter!" Anadlodd yn drwm, ac yna crafodd y drydedd fatsen ar ddeg yn erbyn y blwch, a'r fatsen yn fflamio. "Gogoniant i Lucifer!" bloeddiodd Quintin, ac yna cyneuodd y ffiws.

Rhuthrasant ar draws y cyntedd ond, cyn iddynt gyrraedd y drws, rhwygwyd yr adeilad gan ffrwydrad echrydus, a'r cynllwynwyr yn cael eu hyrddio i'r entrychion. Teimlai Quintin ei fod yng nghrombil corwynt deifiol, corwynt o fflamau a brics a choncrit a thrawstiau, a'r rheiny yn cyd-deithio ag ef i berfeddion rhyw gwmwl gwaedlyd ac yna'n ffarwelio ag ef wrth iddo blymio'n sydyn i bwll tywyll, distaw, diwaelod.

Pennod 5

Yn yr Ysbyty

DIHUNODD QUINTIN, a chael ei fod mewn gwely, yn hanner gorwedd, hanner eistedd ar y clustogau y tu ôl iddo, a nyrs yn plygu drosto ac yn astudio'r bandais am ei wyneb.

"Wel, wel!" meddai'r nyrs, heb rithyn o gydymdeimlad yn ei llais. "Mae'r terfysgwr bach wedi dihuno!" Roedd ei hwyneb mor llym â'i llais; wyneb miniog, botwm o drwyn, sbectol fawr, a gwefusau tenau.

"Ble rydw i?" holodd Quintin yn wanllyd.

"Mewn ysbyty, â phlismon y tu allan i'r drws ac un arall yn swyddfa'r Sister yn aros i'ch holi; ond pe bawn *i'n* cael fy ffordd, mi'ch tagwn chi cyn i'r heddlu gael gair allan ohonoch chi. Piti iddyn nhw ddod â chi yma yn hytrach na mynd â chi i'r carchar yn union."

"Diolch. Faint o anafiade sy gen i?"

"Dim hanner digon." Daliai'r nyrs i blygu drosto, ei hwyneb yn agos, a'i hanadl antiseptig yn ffrydio i'w ffroenau. "Clwyfe arwynebol yn unig, gwaetha'r modd, ond yn ddigon i'ch cadw chi 'ma am wythnos neu ddwy. Rwy wedi gofyn i'r awdurdode fy symud i ward arall; dw *i* ddim am gael unrhyw ran yn eich adferiad." Unionodd y nyrs ei hunan. "Rwy'n mynd i nôl y Sister; mae'n rhaid iddi *hi* roi caniatâd i'r heddlu eich holi." Camodd at y drws.

"Un funud, nyrs, os gwelwch yn dda!"

Stopiodd y nyrs, â'i dwylo ar ei chluniau mewn ystum rhyfelgar. "Ie?"

"Gafodd unrhyw un arall ei niweidio?"

"Unrhyw un arall?"

Chwyrlïai ymennydd Quintin yn brysur. Os llwyddodd Osbert a Vavasor i ddianc o'r llanast heb gael eu darganfod, gwell iddo beidio â sôn amdanynt. "Gobeithio na chafodd neb oedd yn mynd heibio i'r adeilad ar y pryd eu niweidio."

"Mynd heibio ar y pryd? Am dri o'r gloch y bore? Peidiwch â siarad dwli, ddyn! Doedd neb yno ond chi a'r ddau fonarchydd arall… Triawd o *Royalist Twits,* a phawb yn gwybod am eich syniade gwirion."

Pesychodd Quintin. "Y ddau arall – gawson nhw eu niweidio?"

"Does gen i ddim amser i gloncan â chi. Stiwiwch yn eich anwybodaeth." Ac allan â hi."

Trodd Quintin ei ben yn araf i'r dde ac yna i'r chwith, a chael y symudiad yn weddol rydd o boen. Edrychodd o'i amgylch. Roedd ganddo ward iddo ei hunan, ond ward foel iawn a dim ynddi ond y gwely a chwpwrdd a dwy gadair. Symudodd ei freichiau yn ofalus, a'r rheiny hefyd yn gymharol ddi-boen, er eu bod mewn bandais o'r arddwrn i fyny. Da o beth i'w ddwylo fod yn iawn ac yn rhydd. Cododd y dillad gwely i archwilio rhannau isaf ei gorff, a chael bod popeth yn normal. Ond beth am ei wyneb? Gresyn nad oedd ganddo ddrych. Ymffrostiai bob amser yn ei wynepryd; gobeithiai'n angerddol nawr nad oedd dinistr y Ganolfan Archaeoleg Geltaidd wedi amharu ar harddwch y prif ddinistriwr. Bu ei wyneb golygus, ynghyd â'i ddawn fel darlithydd, yn fagnet grymus i'r merched ymysg y myfyrwyr.

Ond pa ddiben fyddai i'w harddwch pe collai ei swydd?

Roedd honno nawr yn y fantol, siŵr o fod. Er iddo fod yn fonarchydd adnabyddus ers blynyddoedd, bu'n ofalus iawn, tan neithiwr, i weithredu o fewn y gyfraith; ond yn awr, yn sgil ei fenter gyntaf i faes yr anghyfreithlon, dyma fe at ei glustiau yn y cawl. Y ffiws melltigedig yna oedd yn gyfrifol – wedi llosgi yn llawer cyflymach nag y dylai.

Gwingodd gan ias o boen yn saethu drwy ei fraich chwith, a'r poen yn gwthio'i feddyliau at Osbert a Vavasor. A oedd y rheiny mewn poen hefyd, ac yn yr ysbyty? Dyma beth oedd ffiasgo! Na, nid yn hollol chwaith. Os oedd ei ddyfodol proffesiynol ef yn deilchion, felly hefyd yr oedd cartref a theml a chaer Ffiona Degwel, yr ast o freninladdwr. Cyflawnwyd ei genhadaeth neithiwr, roedd yr achos brenhinol yng Nghymru a thu draw i Glawdd Offa wedi cael hwb sylweddol. Byddai Quintin Cadwaladr yn arwr i filiynau. A *feiddiai'r* Brifysgol ei ddiswyddo? A oedd ganddynt y dewrder i alltudio arwr mor gadarn ei ddelfrydau, rhyfelwr yn barod i'w aberthu ei hunan dros achos mor aruchel? Onid un o brif swyddogaethau prifysgol dda oedd meithrin rhyddid meddyliol a rhoi hafan ddiogel i athronwyr mentrus eu daliadau?

Ond pa obaith oedd i Brifysgol ag Is-Ganghellor a Phrifathro fel Habakkuk Huws? Cofiai Quintin yn dda ei gyfarfod cyntaf â Habakkuk; diwrnod cyntaf Quintin yn y Brifysgol, ac yntau wedi ei alw i swyddfa'r Prifathro. Eisteddai hwnnw y tu ôl i'w ddesg enfawr: creadur bychan crebachlyd â'i ben moel yn anghyfartal fawr, a'i lygaid dyfnion tywyll yn pefrio'n dreiddgar. Roedd Habakkuk yn hanesydd adnabyddus, a'i lyfr enwog, *Neutered Dragons*, yn astudiaeth awdurdodol, ysgolheigaidd, lachar-farwol o'r Cymry hynny a fu'n aelodau blaengar o lywodraethau Lloegr yn Westminster. Bu'r llyfr yn anhepgorol i bob myfyriwr yn adrannau Hanes a Seicoleg prifysgolion ledled Ewrop a'r Unol Daleithiau.

"A! Mr Cadwaladr!" Daeth llais melfedaidd Habakkuk yn glir dros ysgwyddau'r blynyddoedd. "Peidiwch ag eistedd; chadwa i ddim mohonoch chi'n hir." Lled-gododd y Prifathro o'i gadair ac estyn ei law. "Rwyf am eich croesawu i'n Prifysgol. Doeddwn i ddim yn y pwyllgor a welodd yn dda i gynnig y swydd ichi; ond rwyf am ichi wybod beth a ddisgwyliwn gennych – addysgu effeithiol, ynghyd ag ymchwil drwyadl, a'r ymchwil yn arwain at gyhoeddi llyfr safonol. Yr addysgu i gychwyn ar unwaith, wrth gwrs, a'r llyfr i ymddangos o fewn pum mlynedd. Wel, dyna'r cyfan am y tro, Mr Cadwaladr. Ewch ati!" Â llaw'r Prifathro yn chwifio ato, gollyngwyd Quintin o'r Presenoldeb.

Ac aethai Quintin ati o ddifri, ei ddarlithio'n wefreiddiol a'i lyfr ar Kingsley Amis yn cael ei gydnabod fel y gwaith terfynol a'r gair olaf ar y nofelydd ceintachlyd hwnnw. Ond crintach ei gymeradwyaeth y bu Habakkuk. "Mae'ch *myfyrwyr* yn eich canmol chi, Mr Cadwaladr. Daliwch ati! Ac rwyf wedi darllen eich llyfr ar Amis. Mae'n rhaid imi ei ddarllen eto –" Fel pe bai'r diawl wedi methu cael unrhyw bleser o'r darlleniad cyntaf. Habakkuk oedd yr unig ddyn ar y campws a wnâi i Quintin deimlo'n annigonol; anodd i unrhyw un fod yn esmwyth ei feddwl gerbron y talcen enfawr yna a'r llygaid rhewllyd.

Dychwelwyd Quintin o'r gorffennol gan ail-ymddangosiad y nyrs fach chwerw. Roedd ei hiwifform yn rhy dynn, i wneud y mwyaf o'i chorff cymen a thenau debyg iawn. Gwisgai ei chap gwyn ar ongl fentrus; ond dad-wneid unrhyw awgrym o'r chwareus gan yr wyneb sarrug.

Safodd y nyrs yn ymyl ei wely. "Eisteddwch i fyny, Mr Cadwaladr! Rych chi fel sach hanner gwag, ddyn! Tynnwch eich hunan i fyny! A does dim angen fy help *i* arnoch chi; rych chi'n ddigon cryf. Brysiwch! Fedra i ddim aros drwy'r dydd." Heb rybudd, tynnodd ei glustogau i ffwrdd, ac yntau'n syrthio'n fflat ar ei gefn ac yn edrych i fyny ati. "Ar eich eistedd, ddyn! Rwy am ailosod y clustoge 'ma."

"Roeddwn i'n hanner disgwyl ichi eu defnyddio nhw yn arfe ac ymosod arna i," mentrodd Quintin. "Fedrai neb eich galw chi yn angel tyner a thosturiol." Gafaelodd yn nau erchwyn y gwely a'i dynnu ei hun i fyny yn bwyllog.

Gwthiodd hi'r clustogau i'w lle. "Reit! Nawr eisteddwch i fyny yn iawn, fel y gall Mr Arthur Berwyn gael golwg glir ar fradwr o Gymro."

"Arthur Berwyn? *Yr* Arthur Berwyn? Prif Ynad Cymru?" Yng nghyfundrefn gyfreithiol Cymru, a ymdebygai yn hyn o beth i gyfundrefn Ffrainc, byddai'r rhai a ddrwgdybid o fod yn droseddwyr yn cael eu holi gan ynadon lleol, a'r ynadon wedyn yn cyfarwyddo ac yn goruchwylio'r heddlu yn eu gweithgareddau yn ymwneud â'r drosedd. Roedd yr ynadon wedi eu hyfforddi'n drwyadl, ac roeddynt yn ddylanwadol iawn ac yn uchel eu parch. Braint, felly, yn nhyb Quintin, fyddai cael ei holi gan Brif Ynad Cymru. "Os ydw i'n haeddu sylw Prif Ynad Cymru, gwell ichi 'nhrafod i â thipyn o barch, nyrs. Beth am arllwys gwydraid o ddŵr imi?"

"Mi fyddwn i'n barod iawn i roi gwydraid o hemlog ichi; ond am y dŵr, rhaid ichi ymdopi y gore galloch chi."

"Ga i ofyn beth yw'ch enw chi, nyrs? A... a... a!" Saethodd poen siarp ar draws ei dalcen. "Sori. Croen fy nhalcen ar dân. Beth *yw* maint fy llosgiade, nyrs?"

"Cawsoch eich grilio'n ysgafn, dyna'r cwbl, ond roeddech yn haeddu cael eich *rhostio;* ac mae nifer o gleisie a chlwyfe ar eich croen. Ond erbyn eich ymddangosiad yn y llys, mi fydd pethe mwy neu lai yn normal, a chithe, yn ôl eich arfer, yn medru pincio'ch hunan ar gyfer y cyhoedd. Ond wnewch chi ddim hudo'r *rheithgor,* credwch chi fi. Efallai eich bod yn ddyn bach smart â'i eirie, yn gallu twyllo'i fyfyrwyr a chynhyrchu llyfr neu ddau; ond i'r rheithgor, fyddwch chi ddim amgenach na thaeog, yn eiddgar i addoli uchelwyr a brenhinoedd."

Teimlai Quintin y casineb dihysbydd yn tasgu o'r nyrs. Os griliwyd ei groen gan y ffrwydrad, rhuddwyd ei enaid yn awr gan y ddynes danbaid yn ymyl ei wely. "Fydda i ddim yn ffit i dderbyn Mr Berwyn os na leddfwch chi'ch sylwade, nyrs. Dych chi ddim yn meddwl eich bod chi'n gor-ddweud a gor-wneud pethe?"

"Ar ôl eich perfformiad neithiwr, pwy ydych *chi* i sôn am or-wneud pethe?"

"Rych chi'n ddadleuwr penigamp! Ond heb ddatgelu'ch enw!"

"Fe gewch wybod hwnnw yn ddigon buan."

"O?"

"Rwy'n mynd i weld a yw Mr Berwyn yn barod." Chwyrlïodd ei ffordd allan o'r ward.

Ceisiodd Quintin gasglu ei feddyliau. Beth a ddywedai wrth y Prif Ynad? A oedd cyfweliad ffurfiol o'i flaen? Beth am hawlio presenoldeb ei gyfreithiwr? A gyfwelwyd Vavasor ac Osbert eisoes? Ac os felly, beth a ddatgelwyd gan y ddau?

Cnoc ar ddrws y ward, ac Arthur Berwyn yn hwylio i mewn: cawr o ddyn â barf batriarchaidd, a'r darn plastig a orchuddiai ei lygad dde yn cyfleu awgrym o fôr-leidr. Gwelid ef yn aml ar y teledu â'i bersonoliaeth bwerus yn pelydru o'r sgrin. O'r ucheldiroedd, fel petai, cyfeiriodd ei olygon at Quintin.

"Garech chi eistedd, Mr Berwyn?"

"Diolch." Roedd y llais mor fynyddig â'r corff. Eisteddodd, a'r gadair yn diflannu o olwg dynion.

"Roeddwn i'n disgwyl ynad lleol, nid pennaeth yr holl lwyth."

"Sgwrs fach answyddogol fydd hon, Mr Cadwaladr. Fe ddaw'r cyfweliad ffurfiol nes ymlaen."

"Rwy'n gweld."

"A dweud y gwir, fe *ofynnwyd* imi ddod i'ch gweld."

"O?"

"Gan ffrind. Mae'n poeni amdanoch."

"Ydw *i'n* ei adnabod e?"

"Fe ddylech. Dr Habakkuk Huws."

"A! Mae'r Prifathro wedi symud yn gyflym, yn ôl ei arfer! Mae e'n ddig iawn wrthyf, siŵr o fod."

"Fel y gallech ddisgwyl, Mr Cadwaladr."

"Yn sôn amdana i yn dwyn gwarth ar y Brifysgol? Ei Brifysgol *ef*?"

"Ei union eirie."

"Pam na ddaw e ei hunan i'r ysbyty?"

"O, chaiff neb eich gweld tan i'r cyfweliade ffurfiol cyntaf gael eu cynnal."

"Wel, rych chi wedi cyfleu ei ddicter tuag ata i, Mr Berwyn. Oedd ganddo reswm arall dros ofyn ichi ddod?"

"Mae e am ichi ystyried eich safle, Mr Cadwaladr."

"Ystyried fy safle?"

"Yn y Brifysgol."

"A! Mae am imi ymddiswyddo."

"Dyna fyddai'r peth anrhydeddus, Mr Cadwaladr; gweithred a achubai rywfaint o'ch hunan-barch."

"Ei union eirie eto?"

Nodiodd Arthur. "Ac rwy'n cytuno ag e. Ond does neb yn mynd i ddwyn pwyse arnoch chi; roedd y Prifathro am imi bwysleisio hynny. *Chi* sydd i benderfynu."

"Wrth gwrs!"

"Yn naturiol, does 'na ddim disgwyl ichi benderfynu y funud hon; ond o fewn y dyddie nesa 'ma, efallai? Byddai hynny o help mawr i'r Brifysgol."

"Rwy'n siŵr. Wel, bydd yn dda gan Dr Huws wybod nad ydw i'n bwriadu oedi cyn dod i benderfyniad."

"Ardderchog, Mr Cadwaladr!"

"Dwedwch wrth y Prifathro nad oes gen i unrhyw fwriad i ymddiswyddo."

Cymylodd unig lygad y Prif Ynad.

"Debyg iawn y bydd Dr Huws yn disgwyl neges wahanol," meddai Quintin, "ond dw i ddim yn bwriadu rhoi fy mhen ar blât iddo. Rhaid iddo *fe* ei hunan afael yn y cleddyf a chyflawni'r weithred o ddienyddio; a dwedwch wrtho fod y broses yn mynd i fod yn waedlyd ac yn hir-barhaus."

Cododd y Prif Ynad. "Rych chi'n annoeth iawn, Mr Cadwaldr, ac yn anystyriol yn eich agwedd tuag at bobol eraill. Byddai ymateb mwy rhesymol gennych o les mawr i bawb yn y Brifysgol; byddai o fudd mawr i *chi* hefyd pan ddaw'r achos i'r llys. Mae barnwyr a rheithgore yn ymwybodol iawn o'r pethe 'ma. Wnewch chi ddim ailystyried?"

"Ddim o gwbl. Rhaid i'r Prifathro gymryd y cleddyf a gwneud merthyr ohono i."

"Fe *wnaiff* hynny, os dyna fydd yn angenrheidiol i gadw enw da'r Brifysgol."

"Cyn ichi fynd, Mr Berwyn, hoffech chi 'ngoleuo i ar un pwynt?"

"Pa bwynt?"

"Fedrwch chi ddweud rhywbeth am sefyllfa fy nau ffrind, Osbert Meyrick a Vavasor Simlet?"

"Mae'r ddau yn nwylo'r heddlu," oedd yr ateb swrth.

Pennod 6

Yn y Senedd Eto

CNOCIODD OLWEN INGLETON ddrws swyddfa'r Prif Weinidog a heb aros am ateb aeth i mewn. Wedi'r cyfan, roedd hi wedi trefnu ymlaen llaw i gael sgwrs ag Ellis Hopkins, a doedd dim rheswm felly i oedi wrth y drws. Eisteddai Ellis wrth ei ddesg. Cododd ar unwaith, chwarae teg iddo, a phwyso ymlaen i gynnig ei law ac arwyddo iddi eistedd yn y gadair freichiau ger y ddesg.

"Gwnewch eich hun yn gyffyrddus, Miss Ingleton. Roedd eich galwad ffôn yn ddiddorol – mater pwysig iawn, meddech chi, yn mynnu fy sylw; ond fe wrthodoch roi unrhyw fanylion. Wel?"

"Y ffrwydrad."

"Y ffrwydrad?"

"Dewch nawr, Mr Hopkins; rych chi'n gwybod yn iawn am be rwy'n sôn. Y Ganolfan Archaeoleg Geltaidd."

"Mae'r ffrwydrad a'r llanast yn fater o ddathlu ichi, rwy'n siŵr."

"Prawf nad yw Duw yn cysgu. Enghraifft o ddial dwyfol. Es i am dro y bore 'ma i weld y lle, a theimlo awydd angerddol i ddawnsio ar yr adfeilion."

"Byddai hynny wedi gwneud golygfa fythgofiadwy."

"Gresyn nad oedd Ffiona Degwel yn yr adeilad pan chwythwyd ef i fyny. Dw i ddim yn un i guddio 'nheimlade, fel y gwyddoch."

"Rwy'n edmygu'ch gonestrwydd, Miss Ingleton. Ond ddaethoch chi ddim yma i sôn am eich awydd i ddawnsio'r *hornpipe* ar weddillion y Ganolfan, rwy'n siŵr."

"Na. Rwy yma i sôn am Quintin Cadwaladr."

"A! Dych chi ddim am ddweud ei fod e'n ddieuog?"

"I'r gwrthwyneb. Rwy'n deall ei fod e eisoes yn cyfaddef ei euogrwydd."

"Anodd iddo beidio."

"Pan ddaw'r achos i'r llys, Mr Hopkins, bydd Quintin yn *ymhyfrydu* yn ei euogrwydd... fel y gwnaeth dyn arall o egwyddor nôl yn y tri degau – Saunders Lewis."

"Nefoedd fawr! Dych chi ddim yn gosod Quintin Cadwaladr ar yr un lefel â Saunders?"

"Nac ydw. Mae Quintin ar lefel uwch. Roedd egwyddorion Saunders Lewis yn wirion."

"Er ichi darddu o linach Nest, rych chi'n edrych ar hanes Cymru o safbwynt Seisnig iawn, Miss Ingleton."

"Dyw fy safbwynt i ddim yn rhy Seisnig i'm dallu i rinwedde Saunders Lewis; ddim yn rhy Seisnig chwaith i wadu iddo gael ei drin yn warthus gan Goleg y Brifysgol, Abertawe. Cyflawnodd arswn er mwyn hybu ei egwyddorion. Cyfaddefodd ei euogrwydd. Derbyniodd ei gosb. Aeth i'r carchar yn llawen. Mae dynion o'r math yna yn brin iawn. Fe ddylsai ei benaethiaid yn y Brifysgol fod wedi ei gefnogi'n gryf ac i'r eitha. Ond fe'i gwrthodwyd. A dyna'r blotyn mwya ar holl hanes y Coleg." Syllodd Olwen ar y Prif Weinidog. Edrychai hwnnw'n feddylgar ar flaenau ei fysedd.

"Wel, *wel*," meddai Ellis o'r diwedd.

"Ydych chi'n gweld be sy gen i, Mr Hopkins?"

"Ydw, siŵr."

"Ydych chi'n cytuno na ddylai Quintin Cadwaladr golli ei swydd yn y Brifysgol?"

"O, ddwedais i ddim mo hynny."

"Ond dyna *ddylech* chi ei ddweud!"

"Rych chi am imi ddefnyddio fy nylanwad ar ei ran?"

"Ydw."

"Ar gais Mr Cadwaladr y daethoch chi yma?"

"Na, dim o gwbl. Dyw Quintin ddim y teip i ofyn am ffafre."

"Ond rych *chi'n* barod i wneud hynny!"

"Ffafre i bobol eraill, ydw."

"Mae Quintin Cadwaladr yn ffrind i chi?"

"Fe *allech* ddweud hynny. Rwy'n cefnogi rhai o'i egwyddorion."

"Fel brenin-addoli?" meddai Ellis yn ddirmygus.

Edrychodd Olwen yn oerllyd arno. Dyma un o'r dynion prin na chafodd ei phrydferthwch unrhyw ddylanwad arnynt. Gwyddai Olwen yn iawn y byddai sawl aelod Llafur yn y Senedd yn barod i aberthu ei egwyddorion gwleidyddol am hanner awr o orfoledd yn ei gwely. Ond nid felly y goblin bach cringoch hwn.

"Quintin yw un o'r dynion mwya galluog yn y Brifysgol," meddai Olwen.

"O?"

"Mae ei ddarlithie ar Y Nofel Saesneg yn ysbrydoliaeth i'r myfyrwyr."

"Mae'n amlwg iddo gael dylanwad arnoch *chi*, Miss Ingleton. Fuoch *chi'n* gwrando arno'n darlithio?"

"Naddo, wrth gwrs. Ond fedr y Brifysgol ddim fforddio ei golli. Mae'n *rhaid* ichi gael gair â'r Prifathro. Rwy'n gwybod ei fod e'n ffrind ichi."

"Pam na chewch *chi* air ag e?"

"*Fi?* Bu fawr o Gymraeg rhyngof fi a'r Dr Huws er pan gyhoeddais adolygiad anffafriol iawn o'i lyfr *Neutered*

Dragons. Dyw e ddim yn hoffi cael ei feirniadu. Mae'n rhaid i *chi* gael gair ag e felly, Mr Hopkins."

"A bod yn onest, dw i ddim yn eiddgar i bledio achos Mr Cadwaladr. Efallai ei fod e'n ddarlithydd galluog, ond bob tro y cwrddais i ag e, fe ges i'r argraff ei fod e'n ddandi bach hunandybus."

"*Na,* dyw e ddim! Ond hyd yn oed os *ydy* e, mae ganddo resyme da dros fod felly. Dewch nawr, Mr Hopkins! Gwnewch eich gore dros Mr Cadwaladr." Cas gan Olwen ymbil fel hyn, ond fe'i gyrrwyd gan ei hoffter o Quintin, gan dresi euraid ei wallt a glesni ei lygaid a llyfnder ei lais a'i osgo. Cyn hir – ond dim eto; rhaid gohirio'r pleser er mwyn ei ddyblu – cyn hir, fe ychwanegid Quintin at gasgliad Olwen. Undeb monarchyddol yng ngwir ystyr y gair! "Ewch i weld Dr Huws, Mr Hopkins! Wedyn, efallai, mi wna *i* ffafr fawr â *chi*."

"O?"

"Ffafr aruthrol o fawr."

"Diddorol iawn! Rhowch y manylion."

"Mi fedra i sicrhau na chollwch chi'ch sedd yn yr Etholiad Cyffredinol nesa. Mae'ch mwyafrif chi yn eich etholaeth yn fregus o fach. Rwy'n cyfaddef na fedrwn ni'r Ceidwadwyr gipio'r sedd; ond pe bai'n hymgeisydd ni yn un cryf ac effeithiol, gallem ddwyn digon o bleidleisiau oddi arnoch i wthio Llafur i'r ail le tu ôl i Blaid Cymru. Nawr mi fedra i gynnig help ichi. Ewch i weld Habakkuk Huws ar ran Quintin Cadwaladr, ac mi ddewisa i yr ymgeisydd mwya llipa a salw o rengoedd y Ceidwadwyr i ymgyrchu yn eich erbyn. Bargen y ganrif, Mr Hopkins! Bydd Quintin yn cadw ei swydd, a chithe'n cadw eich sedd! Beth amdani?" Eisteddodd Olwen yn ôl, ac astudio wyneb y Prif Weinidog. Beth fyddai ymateb y gŵr rhyfedd hwn?

Byddai unrhyw ŵr arall yn ei sefyllfa yn eiddgar i dderbyn ei chynnig.

"Rych chi'n wleidydd hyd flaene eich bysedd, Miss Ingleton."

"Ystyriwch yr ergyd i Gymru, Mr Hopkins, pe baech chi'n diflannu o'r Senedd. Does 'na neb arall yn y Blaid Lafur yn ddigon da hyd yn oed i lyfu'ch sgidie. *Neb*. Bydd achub swydd Quintin Cadwaladr yn bris bach iawn i dalu er mwyn eich cadw chi yng ngwasanaeth eich plaid a'ch cenedl."

"Pa werth fydd ei swydd iddo os anfonir ef i'r carchar? A dyna fydd ei dynged os ydy e am gyfaddef ei euogrwydd."

"Os bydd y Brifysgol yn gefnogol iddo, mi fydd hynny o fantais fawr iddo yng ngolwg y Barnwr pan fydd hwnnw'n ystyried y ddedfryd."

"Rych chi'n mynd i dipyn o drafferth i achub croen Quintin Cadwaladr, Miss Ingleton. Ond beth am y ddau gynllwyniwr arall? Dyw'r rheiny ddim yn cyfri dim ichi, er iddyn *nhw* hefyd rannu'ch egwyddorion?"

"Bydd eraill yn barod i frwydro drostynt, mae'n siŵr."

"Does ganddyn nhw fawr o ffrindie ar y foment – ond mae gormod gan Mr Cadwaladr."

"Gormod?"

"Daeth un arall o'ch plaid chi i 'ngweld i'r bore 'ma ar ran Mr Cadwaladr."

Synnwyd Olwen. "O? Pwy oedd e?"

"Nid *e. Hi.*"

Cafodd Olwen ysgytwad. Oedd 'na ddynes arall yn ei phlaid wedi ymserchu yn Quintin? Yn waeth na hynny, oedd y ddynes honno wedi achub y blaen ar arweinydd ei phlaid? Wedi bod ym mreichie Quintin? Yn ei wely? Roedd Olwen yn ymwybodol o'r tensiwn yn ei llais wrth iddi ofyn,

"Pwy *yw'r* fenyw 'ma, Mr Hopkins? Gwell imi gael gwybod, fel y gall y ddwy ohonon ni weithio gyda'n gilydd er lles Mr Cadwaladr."

"Fedra i ddim dweud wrthoch chi. Addewais iddi na fyddwn yn datgelu ei henw. A bod yn onest, awgrymais iddi y dylai ddweud wrthoch *chi* am ei hymweliad â mi, ac am ei bwriad i weithio dros Mr Cadwaladr. Fe'i cynhyrfwyd gan yr awgrym. 'Na, na, Mr Hopkins!' meddai. 'Mae hynny yn gwbl amhosibl! Peidiwch *chi* â dweud wrthi chwaith. Cadwch y peth yn gyfrinachol! Rhowch eich gair! *Plîs!*' A dyna wnes i."

Teimlai Olwen y gwaed yn rhuo yn ei harleisiau. Suddodd yn ddyfnach i'w chadair a rhythu ar Ellis. Ai chwarae gêm fach oedd e? Ei phryfocio hi? Creu stori a fyddai'n siŵr o'i chynhyrfu? O na fyddai'r holl beth *yn* stori, a dim mwy! Eto synhwyrai Olwen yn nyfnderoedd ei chalon fod y Prif Weinidog wedi dweud y gwir. "Pwy *yw'r* fenyw 'ma, Mr Hopkins? Mae'n *rhaid* imi gael gwybod."

Siglodd Ellis ei ben. "Addewid yw addewid. Os ydy Quintin Cadwaladr yn ddyn o egwyddor, felly minne hefyd."

"Fedrwch chi ddim rhoi un *cliw* bach imi?"

"Amhosib."

"A ofynnodd y fenyw 'ma ichi gael gair â Habakkuk Huws?"

"Do. Fe'i gwrthodais."

Cododd Olwen. "Rych chi wedi gwrthod *dau* gais gen i o fewn chwarter awr."

"Mae'ch dicter chi yn amlwg, a'r cyfan oherwydd y dandi bach 'na o ddarlithydd! Dyw e ddim yn *haeddu* eich cefnogaeth chi, Miss Ingleton. O ran cymeriad, dyw *e* ddim amgenach na chorrach, a chithe yn Amason o fenyw, Titan y Torïaid! Cefnwch arno! Peidiwch â chofleidio achos coll!"

Edrychodd Olwen ym myw ei lygad. Oedd yna arwyddocâd yn ei ddefnydd o'r gair 'cofleidio'? A wyddai ef am ei theimladau tuag at Quintin? Na, roedd hynny'n annhebygol. Wedi'r cyfan, ni wyddai Quintin ei hun am ei theimladau tuag ato. Ond roedd *hi'n* ymwybodol iawn o'i deimladau ef tuag ati hi. Dyheai Quintin amdani; amhosib iddi gamddehongli'r arwyddion; ond hyd yma, ni chafodd Quintin unrhyw ymateb ganddi. Byddai ei lawenydd gymaint yn fwy pan ddeuai'r amser iddi gipio ynddo'n sydyn a'i dynnu'n ffyrnig i mewn i Baradwys!

"Achos coll?" meddai Olwen yn siarp. Camodd at y drws. "*Chi* yw'r achos coll, Mr Hopkins! Gwnewch y mwya o'r amser sydd yn weddill ichi yn y Senedd! Mae'r cysgodion yn cau amdanoch!" Ac allan â hi, gan gau'r drws â chlep anferth.

Yn cerdded yn hamddenol tuag ati yn y coridor yr oedd Gethin Garmon, y gŵr a wnaeth yr awgrym cynnil yn y sesiwn arbennig hwnnw yn y Senedd ei bod hi wedi cael perthynas rywiol â'r Brenin Rupert. Arafodd Olwen. "Ga i air â chi, Mr Garmon?" meddai yn sarrug reit.

"Cynifer ag y mynnoch!"

"Rwy'n deall mai chi fydd yn amddiffyn Ffiona Degwel yn y llys."

"Cywir!"

"Ac mai Syr John Lloyd-Fortescue fydd yn erlyn."

"Cywir eto, Miss Ingleton!"

"Fe gewch eich dinistrio ganddo, eich chwalu'n ddidrugaredd."

"Profiad newydd imi, a minne'n dod drwyddo wedyn

yn ddyn doethach a phurach a melysach fy nghymeriad! Ond mae'n syndod gymaint rych chi fonarchyddion yn ymhyfrydu mewn dinistr. Dyna'ch ffrind Quintin Cadwaladr; mae ei hoffter *e* o ddinistr wedi ei osod yn yr ysbyty. Nid *chi* oedd tu ôl i'r fenter, Miss Ingleton?"

"Peidiwch â meiddio awgrymu'r fath beth!" meddai Olwen yn danbaid. "Beth bynnag, does dim angen ysbrydoliaeth pobol eraill ar Mr Cadwaladr."

"Mae hynny'n ddigon gwir. Mae ganddo'r gallu i'w chwythu ei hun i ebargofiant heb help unrhyw un arall – er bod dau arall wedi bod yn gwmni iddo yn y llanast. Mae gen i syniad reit ddiddorol – hoffech chi i *mi* amddiffyn Mr Cadwaladr yn y llys? Fydd fy *nghalon* i ddim yn yr achos, wrth gwrs, ond –"

"O, rwy'n gwybod yn iawn ble mae'ch calon *chi*, Mr Garmon – gyda'r wrach y byddwch yn ei hamddiffyn yn y llys. Cofiwch eich bod yn Aelod Seneddol yn ogystal â bargyfreithiwr; chewch chi ddim diolch gan bobol eich etholaeth os gwnewch chi eu hesgeuluso *nhw* er mwyn plesio slwt o freninladdwr."

"Rych chi'n teimlo'n chwerw iawn, Miss Ingleton; ond mae gennych chi hawl, debyg iawn, o gofio am eich cyfeillgarwch â'r Brenin Rupert."

"Dyna ddigon, Mr Garmon!" Roedd llais Olwen braidd yn wichlyd. "Fe wyntylloch chi awgrym ffiaidd iawn yn y Senedd ynghylch fy mherthynas â'r brenin, awgrym cwbl ddi-sail. Ond dyna fe, mae'n siŵr bod eich agosatrwydd chi at Ffiona Degwel yn ei gwneud hi'n amhosib ichi ddychmygu perthynas blatonig rhwng dyn a menyw. Fydd dim rhaid iddi *hi* ofidio am ei ffioedd cyfreithiol – fe gaiff *hi* eich talu chi heb orfod chwilio am yr un geiniog!" Disgwyliai Olwen iddo ddangos arwyddion o anniddigrwydd; ond parhau i fod yn serchus wnaeth wynepryd Gethin.

"Nawr, nawr, Miss Ingleton! Rheolwch eich cenfigen!"

"Cenfigen?"

"Ie! Rych chi'n dychmygu Ffiona Degwel yn fy mreichie, ac rych chi'n genfigennus wrthi!"

Tremiodd ei llygaid o gorun i sawdl ei gorff, ac yna, a'i llais yn llawn dirmyg, meddai, "Peidiwch â thwyllo'ch hunan! Dim ond archaeolegydd a chanddi hoffter o hen greirie a fyddai am gael ei dwylo arnoch *chi*, Mr Garmon."

"Rych chi'n protestio gormod! Medra i weld y dyhead dirgel yn eich llygaid! Gwell imi fynd, cyn ichi golli rheolaeth ar eich teimlade mewnol a'ch taflu eich hunan arna i a'm boddi mewn cusane Torïaidd! Fedrwn i ddim goroesi'r rheiny!" Ac i ffwrdd ag e.

Rhythodd Olwen arno'n cilio'n sionc, a chyfaddefodd iddi ei hunan *fod* yna rywbeth digon deniadol yn ei gylch, er gwaethaf y geiriau clyfar-sarhaus a daflai ati weithiau yn y Senedd. Gresyn nad oedd aelodau yr un mor fedrus gan y Ceidwadwyr; ar wahân iddi hi ei hun, yr unig un yn ei phlaid a feddai ar yr un gallu a'r un ffraethineb â Gethin Garmon oedd Agatha Ffoulkes – ac roedd *hi* yn beryglus o siarp. Diolch i'r drefn fod hagrwch Agatha yn rhwystro'i huchelgeisiau gwleidyddol.

Dychwelodd Olwen i'w hystafell yn y Senedd. Cymerodd allwedd o'i bag llaw a datgloi cwpwrdd trwm a sylweddol yng nghornel pella'r ystafell, a thynnu llyfr allan, ei gario i'w desg a'i agor. Dyma un o'i hoff lyfrau. Neilltuwyd tudalen i bob aelod o'r Senedd. Ar dop y dudalen roedd darlun o'r aelod, ac islaw'r darlun, nodiadau wedi eu hysgrifennu gan Olwen yn ei llaw-ysgrifen ei hun: nodiadau yn rhoi hanes personol a phroffesiynol yr aelod, ynghyd â barn Olwen am ei gymeriad, ei gryfderau a'i wendidau. Roedd sylw Olwen yn awr wedi ei hoelio ar y dudalen yn ymwneud ag Ellis Hopkins, ac yn arbennig ar y sylwadau am ei gymeriad: "Dyn galluog tu hwnt, gwleidydd doeth a chlyfar, ac yn waeth na hynny, gwleidydd sy tu hwnt i lwgrwobrwy neu unrhyw fath o flacmel. *Cold fish* o ddyn, tu hwnt hyd yn oed i demtasiynau'r cnawd. Llwyddais un tro i gael merch ddeniadol iawn i mewn i'w swyddfa yn ysgrifenyddes, merch o'r enw Sulwen Everard. Parhaodd Sulwen ryw bythefnos yn unig. Un prynhawn, heb neb ond hithau a'r Prif Weinidog yn yr ystafell, llwyddodd Sulwen i faglu dros gornel y carped ac i freichiau Ellis – ond yn ofer. Rhyddhaodd y Prif Weinidog ei hun ar unwaith a dweud wrthi yn y fan a'r lle nad oedd arno angen ei gwasanaeth bellach. Felly mae'n amlwg nad oes unrhyw bosibilrwydd o ddenu'r dyn yma i mewn i sgandal rywiol. Rhaid dod o hyd i ffordd arall i'w ddisodli."

Gafaelodd Olwen yn ei hysgrifbin, ac ychwanegu'r brawddegau: "Fe gaiff Sulwen ei dial. Yn ogystal â bod yn brydferth, mae hi hefyd yn wleidyddol graff ac yn feddyliol ddisglair. Hi fydd yr ymgeisydd Ceidwadol nesaf yn etholaeth Ellis Hopkins."

Pennod 7

Yn ôl i'r Pafiliwn

GYRRODD SYR JOHN LLOYD-FORTESCUE ei Rolls Royce yn drahaus dros y ffin rhwng Lloegr a Chymru. Roedd ar ei ffordd i'r fangre lle lladdwyd y Brenin Rupert; yn ôl ei arfer, dymunai archwilio pethau yn bersonol ac yn fanwl cyn dechreuad yr achos yn y llys. Cofiai'r wefr a gafodd o glywed am ddymuniad y Teulu Brenhinol i gael ei wasanaeth *ef*, a neb arall, i arwain yr Erlyniad. Buont yn dilyn hanes ei yrfa ddisglair yn llysoedd Lloegr; ac wrth gwrs, gan ei fod yn rhugl yn y Gymraeg, roedd ei gymwysterau'n ddelfrydol. Wedyn, ac yntau ar ymweliad â'r Palas i drafod yr achos, cafodd awgrym cynnil y gellid ei ddyrchafu'n Farnwr yr Uchel Lys pe dedfrydid Ffiona Degwel i garchar am oes.

A'i ddychymyg yn mwynhau ei ddyfodol llewyrchus, llywiodd Syr John y Rolls drwy Drefaldwyn ac ymlaen i Geredigion. Yn heulwen mis Medi, synhwyrai Syr John y nerth tanddaearol a fu'n gwthio'r tirlun i'w siâp ysblennydd, a'r bryniau a'r mynyddoedd yn eu tro yn ffurfio cymeriad y brodorion. Ac yntau'n Gelt, tybed a luniwyd *ef* gan yr union bwerau, a bod y mynyddoedd yn ddrych o'r uchelgais a'i gwthiai ef yn uwch ac yn uwch...

Arafodd ei gar ym mhentre Tal-y-bont, a stopio o flaen bwyty. Dyrchafodd Syr John ei lygaid i'r adeilad gerllaw, adeilad â'r gair LOLFA yn fras ar draws y ffrynt. Aha, meddyliai'r bargyfreithiwr yn ddirmygus; dyma'r cyhoeddwyr a lansiodd ac a gynhaliodd Angharad Tomos, santes-ryfelwraig Cymru yn wyth degau a naw degau'r ganrif ddiwethaf, ymladdwraig wleidyddol ddi-ildio ac ymfflamychol, ac ar yr un pryd nofelydd arbennig o sensitif. Bu hithau hefyd, fel Ffiona Degwel, yn enillydd eisteddfodol o fri; yn y dyddiau hynny, fel yn y presennol, roedd y Brifwyl yn feithrinfa i wrthryfelwyr galluog a pheryglus. Ac a fagai'r Lolfa eto, fel yn y dyddiau gynt, awduron a'i hystyriai'n ddyletswydd arnynt hyrddio'u hathrylith at wyneb y Sais? A lechai eto, o fewn y muriau lliwgar yna, daflegrau llenyddol wedi eu hanelu at galon y Sefydliad Saesneg?

Aeth Syr John i mewn i'r bwyty: lle cymen cartrefol â sglein ar bopeth, ac aroglau coginio hyfryd yn ychwanegu at y croeso. Dewisodd ford, eisteddodd a syllu o gornel ei lygad ar yr unig gwsmer arall, sef dynes ifanc ag wyneb siarp, sbectol fawr, gwallt cochlyd cyrliog trwchus, trwyn bychan a gwefusau tenau; llymeitiai baned o de, tra darllenai bapur dyddiol Saesneg, gan anwybyddu Syr John yn gyfan gwbl. O ddrws y tu ôl i'r cownter ymddangosodd gweinyddes eang ei chorff a'i gwên. "Ie syr? Be hoffech chi?"

"Paned o goffi, os gwelwch yn dda."

"Dim ond coffi? Dewch, syr! Gadewch imi'ch temtio chi! Mae yma amrywiaeth aruthrol o gacenne a theisenne. Fedrwch chi ddim eu harogli nhw? Peidiwch ag ymladd yn eu herbyn nhw! Ildiwch iddyn nhw a'u mwynhau! Mae bywyd mor fyr."

"Byddai'n fyrrach fyth pe bawn i *yn* ildio. Rwy'n ceisio dilyn deiet."

"O diar! Dych chi ddim yn sâl?"

"Na, na. Dim ond cadw llygad ar fy mhwyse a gofalu mod i mewn cyflwr da."

"Ar gyfer beth?" holodd y weinyddes ddireidus.

"Ar gyfer unrhyw her a ddaw."

"A wel. Dim ond coffi felly?"

"Ie; ond eich coffi gore, â llaeth twym ac awgrym bach o siwgr."

Hwyliodd hi ei ffordd yn ôl i'r gegin, gan oedi wrth fynd heibio i'r cwsmer arall a gofyn, "Ydy'r te'n iawn, Nerys?"

"Perffaith, Megan, fel arfer."

Setlodd Syr John ei hunan yn ei gadair a gwyro'i ben ychydig i gael cipolwg ar yr erthygl a hoeliai sylw Nerys; a da o beth iddo wneud yr ymdrech, oherwydd y pennawd a drawodd ei lygaid oedd:

TOP ENGLISH QC TO VISIT SCENE OF CRIME

Ac o dan y pennawd roedd y geiriau:

"World-renowned Sir John Lloyd-Fortescue, Welsh-born but long since domiciled in England and now the English Bar's most famous luminary –"

Methodd Syr John ddarllen y brawddegau nesaf, ond eisoes gwelsai ddigon i gynhesu ei enaid. Tybed beth fyddai adwaith Nerys pe gwyddai fod gwrthrych yr erthygl yn eistedd brin llathen oddi wrthi? Dryswch llwyr, debyg iawn! Ac yna, efallai, fe geisiai fagu digon o ddewrder i ofyn am ei lofnod.

Dychwelodd Megan â'r coffi. "Dyma chi, syr; coffi o'r radd ore, mor llyfn a nobl â'ch car."

Gwelsid y car felly. Da iawn! Doedd dim gwell na Rolls Royce i gadw'r brodorion yn eu lle.

Aeth Megan i eistedd wrth ford Nerys. "Erthygl ddiddorol iawn, Nerys," meddai, gan gyfeirio at y pennawd.

"Wyt *ti* wedi'i darllen?"

"Ydw."

"Ti *yn* gwybod pwy yw'r Lloyd-Fortescue yma, on'd wyt?" meddai Nerys.

"Rwy'n gwybod i'w fam ddod o gylch Aberaeron. Nyrs oedd *hi* hefyd, ynte?"

Nodiodd Nerys. "Yn ein hysbyty ni, a dweud y gwir; ond fuodd hi ddim yn hir yno. Cafodd helfa dda – dyna feddyliai ar y pryd – a chipio rhyw Gymro Llundain cyfoethog ddwywaith ei hoedran hi, a'i briodi."

"Ond doedd e ddim yn rhy hen i genhedlu mab talentog!"

"Setlodd y ddau yn Llundain, wrth gwrs; ond dychwelai Elinor – dyna'i henw – yn aml i Aberaeron i gadw cysylltiad â'i ffrindie. *Hi* fynnodd i'w mab ddod i Goleg Llanymddyfri i ddysgu Cymraeg; mae e *yn* rhugl yn yr iaith, yn ôl pob sôn, ond – yn gwbl groes i draddodiad y coleg hwnnw – does ganddo fawr o barch at ei wreiddie Cymraeg. Real snob, mae'n debyg; angen cic yn ei ben-ôl i wthio tipyn o sens i fyny i'w ymennydd."

Gwingodd Syr John a chnoi ei dafod.

"Trueni i Elinor farw mor ifanc," meddai Nerys. "Roedd hi'n berl o fenyw."

"Sut gwyddost *ti*?"

"Ces i ei hanes gan Mr Saunders, ymgynghorwr clefydau'r ysgyfaint – mae e wedi ymddeol erbyn hyn, wrth gwrs. Roedd e'n ei hadnabod hi'n dda. Yn ôl Mr Saunders, roedd Elinor yn *dipyn* o ferch, yn llawn bwrlwm a bywyd. Doedd hi ddim yn gonfensiynol brydferth, ond roedd ei llygaid hi a'i siâp hi yn ddigon i ddihuno'r hen Adda ym mhob dyn normal. Roedd y meddygon ifainc i gyd yn ysu amdani, ac mewn gwewyr parhaol o'i herwydd. Pan ffarweliodd hi â'r ysbyty, teimlai pawb fod yr haul wedi machlud am byth. O glywed Mr Saunders yn siarad fel 'na, Megan, roeddwn i'n teimlo'n reit genfigennus wrth Elinor; ond ddim *cweit* mor genfigennus pan soniodd Mr Saunders fod Elinor wedi cyfaddef iddi wneud camgymeriad mawr yn priodi'r dyn 'na o Lundain."

Amhosib i Syr John ddioddef rhagor. Cododd mor sydyn nes i'w gadair ddymchwel. "Rhag eich cywilydd chi!" bloeddiodd. "Rhag eich cywilydd chi, yn taenu'r fath ditl-tatl! Yn trochi enw dynes nad yw'n gallu ei hamddiffyn ei hun!"

Ymddangosai Megan yn ddryslyd, ond edrychodd Nerys i fyw llygad Syr John. "Doeddwn i ddim yn siarad â *chi*," meddai wrtho. "Meindiwch eich busnes!"

"Mae e *yn* fusnes i mi!"

"O? Fyddwch chi'n arfer neidio i amddiffyn enw da menywod?"

"Yn yr achos yma, byddaf, mi fyddaf!"

"Edrych ar Syr Galahad, Megan! Wyt ti'n siŵr mai Rolls Royce sy ganddo, ac nid ceffyl gwyn?"

"Y ferch haerllug!" gwaeddodd Syr John. "A chithe'n nyrs! Yn gwbl annheilwng o'ch proffesiwn! I feddwl bod gast fach chwerw fel chi yn meiddio enllibio un o'r menywod mwya nobl a droediodd y ddaear 'ma erioed!"

Gwibiodd awgrym o syndod ar draws wyneb Nerys â'i haeliau yn codi uwch ei sbectol. "Roeddech chi'n *nabod* Elinor Lloyd-Fortescue?"

Ymestynnodd Syr John i'w lawn daldra – chwe throedfedd a thair modfedd. "Rwy'n meddwl," meddai yn y llais trahaus a ddefnyddiai yn y llys i chwalu tystion nerfus, "y galla i hawlio hynny. Elinor oedd fy mam." Ysgubodd yn urddasol allan o'r bwyty gan deimlo'n argyhoeddedig bod y ddwy ferch yn awr mewn cyflwr o lanast llwyr. Roedd wedi cyrraedd cyrion Aberystwyth ac yn troi ei gar i faes yr Eisteddfod, pan sylweddolodd nad oedd wedi talu am y coffi.

Cafodd saliwt gan blismon wrth y glwyd, a hwnnw yn ei gyfeirio at y pafiliwn. Roedd clwstwr bach o geir o gwmpas un o'r drysau. Parciodd ei gar a cherdded i mewn a'i gael ei hun o flaen y llwyfan. Roedd hwnnw wedi ei oleuo'n llachar, a phopeth yn ei le, dim byd wedi ei symud er y prynhawn ofnadwy hwnnw ym mis Awst: meinciau'r Orsedd yn ymestyn i fyny i'r nenfwd, cadair enfawr y bardd buddugol yng nghanol y llwyfan, a'r gadair arall – cadair y brenin – gerllaw, a'r ddwy delyn yn eu hysblander euraid.

Esgynnodd i'r llwyfan a sefyll gerbron y gadair gysegredig, y gadair lle trywanwyd y brenin, yr union frenin a oedd wedi gosod y cleddyf ar ysgwydd Syr John ddwy flynedd yn ôl a'i urddo'n farchog. Dyna brynhawn i'w gofio oedd hwnnw! Yr ystafell enfawr ym Mhalas Buckingham, â seindorf yr *Household Division* wrth eu gwaith yn y cefndir, a'r *Gentlemen Ushers* yn sicrhau bod pawb yn eu lleoedd; y Brenin Rupert yn cerdded i mewn ac yn sefyll yn llonydd ar flaen y llwyfan isel a'r *Lord Chamberlain* ar y dde iddo a dau filwr ynghyd â phump o'r *Yeomen of the Guard* y tu ôl iddo. Yna llais y *Lord Chamberlain* yn gweiddi, "Mr John Lloyd-Fortescue!", ac Ysgrifennydd Siawnsri Urdd y Marchogion yn gosod yr Insignia ar glustog a John Lloyd-Fortescue yn penlinio ar y stôl fechan. Y brenin yn gosod y cleddyf ar yr ysgwydd dde ac yna ar yr ysgwydd chwith, ac yna *Syr* John Lloyd-Fortescue yn codi, a'r brenin yn gosod yr Insignia am ei wddf. O, dyna foment fendigedig! Uchafbwynt ei fywyd! Mor swil y wên a roddodd i'r brenin, ac mor raslon y wên a gafodd *gan* y brenin! Ac ar y foment honno, yn nhyb Syr John, yr eginodd y berthynas rhyngddynt, a'r brenin, o hynny ymlaen, yn ymgynghori ag ef ar faterion cyfreithiol personol.

Rhedodd Syr John ei law yn addolgar ar draws cadair y brenin, ac yn y broses symud y clustog a orffwysai yn erbyn cefn y gadair, a hynny'n datgelu darlun a gerfiwyd yn y pren. Daliodd Syr John ei anadl... Darlun o'r Brenin Rupert! Syniad da ar ran yr Eisteddfod oedd comisiynu rhywun i greu cadair mor deilwng; roedd hyd yn oed awdurdodau'r Brifwyl yn cael gweledigaeth weithiau.

Ond yna syrthiodd llygad Syr John ar fanylyn rhyfedd. Gorffwysai dwylo'r brenin ar ei arffed; ond ymddangosai'r llaw dde yn fwy ei maint na'r llaw chwith. Plygodd Syr John ymlaen i gael gwell golwg, a chael ei wylltio o sylwi bod i'r llaw dde *chwe* bys – anffurfiant nad oedd yn perthyn i Rupert; roedd dwylo hwnnw yn berffaith. Roedd y bys ychwanegol yn y cerflun yn un bychan, embryo o fys, ond yn ddiamheuol yn fyw, a Syr John yn cofio iddo ddarllen yn rhywle bod y fath nodwedd, yn ôl yr hen chwedlau ac ofergoelion, yn arwydd bod ei berchen yn wrach. Blydi haerllugrwydd swyddogion y Brifwyl, yn cael y brenin i eistedd ar gadair a luniwyd yn bwrpasol i'w enllibio, ac yntau'n gwbl anymwybodol o'r sarhad! Crensiodd Syr John ei ddannedd. Fe wnâi i'r diawliaid dalu am hyn! Fe ddeuai o hyd i bawb oedd yn gyfrifol: y sawl a gafodd y syniad, y sawl a gynlluniodd y gadair, a'r sawl a'i cerfiodd.

Deuai pob un ohonynt dan ei lach, a hynny ar goedd yn y llys.

Daeth sŵn chwerthin o rywle... *Chwerthin* yn y fangre hon o bobman. A oedd y bobol hyn yn gwbl amddifad o unrhyw sensitifrwydd? Sut medren nhw chwerthin yn y fan lle cyflawnwyd erchyllter llawn mor anfad â llofruddiaeth Thomas Becket yn y ddeuddegfed ganrif? Os lladdwyd sant yn Eglwys Gadeiriol Caer-gaint, a hynny ar orchymyn brenin, oni laddwyd sant o frenin yma yng nghadeirlan gelfyddydol Cymru, â dihiryn mewn sgert yn chwifio'r dagr?

Daeth y lleisiau'n agosach. O ddrws y tu cefn i'r llwyfan ymddangosodd dau ddyn, un ohonynt yn farfog ac yn fawr o faint a thaldra, a chanddo ddarn o blastig yn cuddio'i lygad dde; cariai *briefcase* trwchus. Gwyddai Syr John ar unwaith mai Arthur Berwyn, Prif Ynad Cymru oedd hwn. Roedd y llall – gŵr byr, braidd yn dew, â llygaid gleision diniwed a thrwch o wallt brown cyrliog – yn ddieithr iddo.

"A! Syr John Lloyd-Fortescue!" Camodd Arthur Berwyn ymlaen. "Mae'n dda gen i gwrdd â chi!" Roedd gafael ei law yn aruthrol o gryf.

"Bore da, Mr Berwyn." Dewisodd Syr John donyddiaeth oer i'w lais.

"A dyma Gethin Garmon," meddai Arthur, "cwnsler yr Amddiffyniad. Tybiwn mai da o beth fyddai i'r ddau ohonoch gwrdd â'ch gilydd yn y fan dyngedfennol hon."

Edrychodd Syr John yn gynnil-wawdlyd ar Gethin. Hwn, felly, fyddai ei wrthwynebydd yn y llys – casgen fach anniben o dwrnai, pysgodyn mawr yn ei bwll bach gwledig ei hun. Brysied yr achos llys! Fe setlai Syr John gownt *hwn* mewn byr amser!

"Roeddwn i'n esbonio i Gethin," aeth Arthur yn ei flaen,

"mod i wedi cymryd yr achos yma i'm dwylo fy hunan. Gan amla, rwy'n gadael yr ymchwiliade i'r ynad lleol, ond mae'r achos yma yn un mor hanesyddol bwysig –"

"Hanesyddol yn wir," meddai Syr John; "ond does dim angen llawer o ymchwiliade, ddwedwn i, gan fod y drosedd wedi'i chyflawni yng ngŵydd y camerâu teledu, a'r holl fyd yn dyst."

"O, *mae* 'na angen ymchwiliade," meddai Gethin yn fwyn reit. "Fe synnech!"

"O, mae'n siŵr y byddwch chi'n twrio i ddyfnderoedd ymennydd Ffiona Degwel, Mr Garmon, i ddod o hyd i ryw esgusodion seicolegol dros ei gweithred arswydus," meddai Syr John. "Ond cystal imi eich rhybuddio chi; rwy wedi hen arfer delio yn y llys â nonsens seicolegol o'r math yna, a chwalu enw da sawl seiciatrydd yn y broses."

"Druan ohonynt," meddai Gethin.

"Wrth gwrs, rych chi'n dal at y gyfundrefn wirion yna yn llysoedd Lloegr, on'd ych chi, Syr John?" meddai Arthur.

"Cyfundrefn wirion? Am beth rych chi'n sôn?"

"Y gyfundrefn sy'n dwyn dwy garfan o arbenigwyr gwyddonol i'r llys, y naill garfan o blaid yr Erlyniad, a'r llall o blaid yr Amddiffyniad, a'r ddwy garfan yn gwrth-ddweud ei gilydd ac yn y broses yn ymddangos fel ffyliaid ac yn dwyn gwarth ar eu proffesiwn. Yng Nghymru, ryn ni wedi diddymu'r nonsens yna; ein nod yw darganfod y gwirionedd, nid rhoi cyfle i gwnsleriaid chwarae tricie fforensig a gwneud ffyliaid o wyddonwyr galluog a diffuant. Debyg iawn y bydd yn anodd ichi ymdopi â'r gyfundrefn sy gennon ni, ond fe wnaiff ddaioni ichi."

Ffrydiodd y gwaed i wyneb Syr John. Arglwydd Mawr, roedd angen gwers ar y diawliaid bach plwyfol yma! Ond gwell ffrwyno'i dymer; fe ddeuai ei gyfle.

"Fe'ch gwelais chi'n archwilio'r gadair 'na, Syr John," meddai Gethin. "Gwell i *mi* edrych arni hefyd." Plygodd dros y gadair. "Gwaed wedi sychu yw hwn ar fraich y gadair, ddwedwn i, Arthur."

"Ie. A dweud y gwir, Gethin, ryn ni wedi derbyn cais taer iawn ynghylch y gwaed 'na."

"O? Gan bwy?"

"Gan yr Amgueddfa Brydeinig yn Llundain. Maen nhw wedi cynnig swm sylweddol o arian am y gadair, ond inni beidio â dileu'r gwaed. Maen nhw'n rhag-weld y bydd miloedd o bererinion yn tyrru i weld y gwaed brenhinol."

"A chithe yn eu plith, Syr John?" meddai Gethin. "Roeddech chi *wedi* sylwi ar y gwaed?"

"Wrth gwrs!" Celwydd golau ar ran Syr John, ond wrth iddo archwilio'r gadair funudau ynghynt, roedd ei sylw wedi eu hoelio yn gyfan gwbl ar y cerfio haerllug. "Ac mae'r gwaed yna nid yn unig yn flotyn ar y gadair, ond yn flotyn annileadwy ar y genedl Gymraeg." Trodd at Arthur. "Fe hoffwn i weld y dagr. Ydy hynny'n bosib?"

"Mae'r dagr yn y *briefcase* yma. Dewch inni fynd draw fan hyn." Gosododd y casyn ar y gadair farddol a'i agor, a'r dagr yn ymddangos yn ei ogoniant arswydus. Roedd y llafn byr a llydan a miniog yn ddigon o ryfeddod, ond yr hyn a ddaliai'r llygad oedd y carn: carn efydd ar siâp pen dynol, pen barfog a mileinig yr olwg, â thorch drwchus a chywrain o amgylch y gwddf.

"A!" meddai Gethin.

"Arf dychrynllyd," meddai Syr John. "Arf hynafol, ddwedwn i, ac wedi'i hogi'n bwrpasol i ladd y brenin. Pa fath feirdd mae'r Eisteddfod yn eu cynhyrchu nawr, dwedwch? Pa fath sefydliad sy'n esgor ar ddihirod fel Ffiona Degwel ac yn eu hanrhydeddu? Fe drywanodd hi'r brenin *deir*gwaith, os yw'r manylion yn iawn gen i."

Nodiodd Arthur. "Byddai unwaith wedi bod yn ddigon; fe wylltiodd rywfaint –"

"Gwylltio *rywfaint?!*" ebychodd Syr John. "Ffordd ysgafn o ddisgrifio ymosodiad ffyrnig, Mr Berwyn, a dweud y lleia. Ga i afael yn y dagr?"

"Wrth gwrs. Ryn ni wedi cwblhau'r profion arno."

Gafaelodd Syr John yn y dagr a synhwyro rhywbeth cwbl unigryw yn ei gylch. Yn ystod ei yrfa bu llawer dagr yn ei ddwylo, ac fe deimlodd arswyd bob tro; ond yn awr teimlai arswyd o ddimensiwn hollol wahanol, arswyd ar raddfa gryfach a dyfnach, fel pe bai rhyw bŵer cyntefig yn rheiddio nid yn unig o'r llafn ond o'r carn yn ogystal. "Arf Satanaidd," meddai; "nid marwol yn unig, ond *Satanaidd.*"

"Twt, twt, Syr John," meddai Arthur. "Rych chi'n rhoi gormod o ryddid i'ch dychymyg. Dim ond dagr yw e; dagr o wneuthuriad arbennig, rwy'n cyfaddef; ond yn y pen draw, dim mwy na darn o haearn ac efydd wedi'i ddefnyddio mewn gweithred hanesyddol. Be ddwedi *di*, Gethin?"

Cymerodd Gethin y dagr oddi ar Syr John, a rhedeg ei fysedd ar draws y carn. "Crefftwaith cywrain tu hwnt. A sylwch ar y llygaid 'na; welais i erioed edrychiad mor frawychus o fygythiol. O, roedd gwneuthurwr y dagr yma'n foi athrylithgar, Arthur."

"Rwy'n cytuno. Ond roedd Syr John yn awgrymu bod rhywbeth mwy nag athrylith yn perthyn i'r dagr."

"Beth yw hanes yr arf 'ma?" holodd Syr John. "Ble daeth Ffiona Degwel o hyd iddo?"

"Rhywbeth a fu yn ei theulu ers amser, mae'n debyg," atebodd Arthur.

Gosododd Gethin y dagr yn ôl yn y casyn. "Wel, dyna'r cyfan rwy am ei weld yma. Fel hen eisteddfodwr, rwy'n gwbl gyfarwydd â'r llwyfan 'ma; ac wrth gwrs, roeddwn i yma yn y pafiliwn ddydd y cadeirio."

"Ble cuddiodd Ffiona Degwel y dagr?" holodd Syr John. "Rhywle ar ei chorff, wrth gwrs; ond ble yn gwmws?"

"Ym mhoced ei siaced, dan y fantell farddol, â'r boced wedi'i leinio'n arbennig i wrthsefyll y llafn miniog," meddai Arthur.

"Ac fe neidiodd hi allan o'r gadair 'ma at y brenin, heb i neb geisio'i hatal?"

"O, amhosib ei hatal," meddai Gethin. "Roedd y cyfan heibio mewn fflach. Rhuthrodd o'i chadair fel mellten. Ond fe welsoch chi hynny ar y sgrin fach, siŵr o fod, Syr John; mae'r peth wedi'i ddangos ganwaith erbyn hyn."

Edrychodd Syr John ar Arthur. "A doedd neb wedi cyd-gynllwynio â hi?"

"Doedd dim *angen* neb arni."

"Beth am y posibilrwydd fod rhywun wedi gosod cadair y brenin yn agosach nag oedd yn angenrheidiol at gadair y bardd, a thrwy hynny wedi lleihau'r pellter y bu'n rhaid i Ffiona Degwel neidio? Pwy oedd yn gyfrifol am osod y llwyfan?"

"O, dewch nawr, Syr John!" meddai Arthur. "A chymryd maint y llwyfan i ystyriaeth, roedd lleoliad y ddwy gadair yn gwbl resymol, a'r brenin yn y safle iawn i weld y ddawns flodau."

"Wel, rwy am wneud yn hollol siŵr nad oed neb yn gweithio'n gyfrinachol ar y cyd â Ffiona Degwel; oblegid os *oedd* 'na rywun, mae'n rhaid ei hela'n ddidrugaredd. Rych chi *wedi* gwneud ymholiade i'r cyfeiriad yna, gobeithio, Mr Berwyn?"

"Does arna i ddim angen gwersi gan gwnsler â'i brofiad yn gyfyngedig i gyfundrefn gyfreithiol *Lloegr*," meddai Arthur yn ddilornus.

Unwaith eto ffrydiodd gwaed Syr John i'w wyneb. Bu bron iddo roi ateb deifiol i Arthur, ond cnodd ei dafod. Y llys oedd y lle i chwalu'r corachod cyfreithiol yma. "Y datganiade rych chi wedi'u hanfon ataf, Mr Berwyn, y datganiade gan y tystion rych chi wedi'u holi – mae un neu ddau ohonyn nhw'n ddiddorol. Bydd y tystion hynny yn y llys?"

"Wrth gwrs."

"Yn y cyfamser, fe wna i rywfaint o ymholiade. Mae cyfraith Cymru *yn* caniatáu hynny?" meddai Syr John yn wawdlyd.

"Wrth gwrs."

"Ac os ydw i am alw i'r llys dystion nad ydynt ar eich rhestr chi, Mr Berwyn?"

"Bydd rhaid ichi gael fy nghaniatâd. Chaiff amser y llys ddim ei wastraffu gan dystion neu dystiolaeth amherthnasol neu ddi-werth." Edrychodd Arthur ar ei wats. "Oes 'na rywbeth arall hoffech chi ei weld, Syr John?"

"Hoffwn gael cipolwg ar y dillad oedd am y brenin pan gafodd ei drywanu."

"Maen nhw yn fy swyddfa. Mae croeso ichi alw heibio. Diar mi!" meddai, wrth weld dynes ifanc yn brasgamu i'r pafiliwn ac at y llwyfan.

Adnabu Syr John hi ar unwaith: Nerys, y nyrs haerllug a ddifethodd ei egwyl yn y bwyty yn Nhal-y-bont. A oedd hon i fod wrth ei sodlau am weddill y dydd?

"Syr John!" meddai hi wrth gyrraedd y grisiau i'r llwyfan. "Fe wyddwn i mai yma y byddech chi! Fe soniodd yr erthygl yn y papur am eich bwriad i ymweld â'r pafiliwn 'ma.

A minne ar fy ffordd i Aberystwyth, fe benderfynais geisio'ch dal."

Camodd Syr John at dop y grisiau. "*Pam*, fenyw?" meddai yn fygythiol. "Does gen i *ddim* i'w ddweud wrthych."

Gwenodd Nerys. "Fe berswadiais i'r plismon wrth y glwyd fod gen i fusnes pwysig i'w gyflawni â chi."

"Pa nonsens yw hyn?"

"A dweud y gwir," meddai Nerys wrth ddringo'r grisiau, "rwy yma ar ran fy ffrind Megan, perchennog y bwyty yn Nhal-y-bont." Estynnodd ei llaw at Syr John, a'i dal fel petai'n disgwyl rhodd ganddo. "Aethoch chi o'r bwyty heb dalu am eich coffi – gweithred annisgwyl iawn, a chithe'n dwrnai mor amlwg. Byddai'ch mam wedi ei siomi ynoch."

Cywilydd, yn ogystal â dicter, a liwiodd wyneb Syr John y tro yma.

"Wel helô, Mr Berwyn!" aeth Nerys yn ei blaen, â'i llaw yn dal yn estynedig at Syr John. "Fe welson ni'n gilydd yn yr ysbyty, os cofiwch chi, pan ddaethoch i weld y ryffian yna, Quintin Cadwaladr. A helô, Gethin! Does dim angen i neb ein cyflwyno ni'n dau i'n gilydd, nac oes?"

"Eitha gwir, Nerys," meddai Gethin. "Ond wyddwn i ddim dy fod ti'n nabod Syr John."

"Mae 'nabod' yn air rhy gryf. Fe ddaethon ni ar draws ein gilydd yng nghaffe Megan yn Nhal-y-bont. Cyflwynodd ei hunan i ni, ac yna gadawodd mewn tymer wyllt. Nawr 'te, Syr John, rych chi *yn* mynd i dalu am y coffi, on'd ych chi, neu mi fydd yn rhaid inni fynd â chi i'r llys."

Yn ymwybodol o wynebau llawen Arthur Berwyn a Gethin Garmon, gwthiodd Syr John ei law yn ddwfn i'w boced a gafael mewn dyrnaid o arian, a'i roi yn ddiseremoni i Nerys. "Cadwch y newid!" meddai.

"A bygrwch allan o'm bywyd!" Gwyddai yr eiliad yr ynganodd y geiriau anffodus ei fod wedi ei iselhau ei hunan.

"O, fydd hynny ddim yn bosib," meddai Nerys.

"Be rych chi'n ei feddwl?"

"Ches i ddim cyfle i 'nghyflwyno fy hunan yn iawn ichi yn y bwyty," meddai Nerys.

"Wel?"

"Dwed *di* wrtho, Gethin," meddai Nerys.

"Mae Nerys yn chwaer i Ffiona Degwel," meddai Gethin.

"Wel, wel!" meddai Syr John, ac edrych ar Nerys. "Roeddwn i'n *synhwyro* rhywbeth peryglus ynoch chi... Chwaer i freninladdwr."

"Chwaer i ddynes a wnaeth gymwynas fawr â Lloegr!" meddai Nerys. "Fe ffarwelia i â chi am y tro Syr John; ond fe gawn eto gwrdd. Ac mi ddifarwch ichi groesi cleddyfau â theulu'r Degweliaid!"

Pennod 8

Yn y Brifysgol

TRODD QUINTIN CADWALADR ei gar i mewn drwy glwydi'r Brifysgol. Er bod y tymor academaidd wedi dechrau ers wythnos bellach, dyma'r tro cyntaf iddo ddychwelyd i'w waith er y ffrwydrad yn y Ganolfan Archaeoleg Geltaidd. Roedd ar fechnïaeth tan gychwyniad yr achos llys yn ei erbyn. Teimlai'n bryderus wrth sylwi ar y garfan o fyfyrwyr o amgylch y fynedfa i'r adeilad, carfan fywiog iawn yn chwifio baneri. Cyn iddo weld yn iawn y geiriau ar y baneri, gwyddai mai anghyfeillgar oeddynt, a dweud y lleiaf.

Gwibiodd heibio i'r myfyrwyr ac i'r maes parcio gerllaw a chlywed, uwch sŵn y car, y lleisiau gwawdlyd. Daeth allan o'r car, cloi'r drysau, ac yna archwilio'i ddelwedd yn ffenestr y car a chael ei blesio'n fawr fel arfer. Rhywsut neu'i gilydd, ychwanegai'r bandais ar ei dalcen at ei harddwch, at brydferthwch ei wallt euraid a'i lygaid gleision. Rhedodd ei law ar draws ei ên, ac ymhyfrydu yng ngwead ei groen a sensitifrwydd ei wefusau. Testun diolch oedd ganddo wedi'r cyfan; dim ond mân anafiadau a gafodd yn y ffrwydrad, a bu ei gydgynllwynwyr yr un mor ffodus. Ond efe, Quintin Cadwaladr, oedd y gwir arweinydd o hyd, gwir bennaeth monarchyddion Cymru, arwr heb ei ail, eofn, huawdl, aristocrataidd ei acen a'i osgo, ac yn barotach nag erioed i arllwys ei ddirmyg ar y gweriniaethwyr a oedd mor niferus yng Nghymru. Tarfwyd ar ei hunanarchwiliad gan sŵn y ffyliaid wrth y fynedfa. Unionodd ei hunan a sgwaru ei ysgwyddau, gan geisio anwybyddu'r anesmwythyd yng ngwaelodion ei stumog, a chamodd at y gelyn.

Amgylchynasant ef wrth droed y grisiau a arweiniai at y drws. Yn sydyn bu tawelwch, ond daliai'r baneri i gyhoeddi:

QUINTIN CADWALADR, FFŴL BACH TRAHAUS,
A LLYFWR GLAS-GACA BRENHINOEDD Y SAIS.

Gwingodd Quintin, a rhythu'n sarrug ar y myfyrwyr. "Wel," meddai, "rych chi wedi cael dweud eich dweud. Ga i fynd i mewn nawr?"

"Mewn munud," meddai Esyllt Aeron, merch ddisglair ac ymfflamychol, â gradd ddosbarth cyntaf mewn Saesneg yn ei haros ar ddiwedd ei chwrs.

"Chi yw arweinydd y fintai serchus 'ma?" meddai Quintin.

"Rwy'n siarad drostynt, ac ryn ni i gyd yn unfarn."

"Felly y tybiais o weld y sloganau cynnil ar eich baneri."

"Fe gewch fynd i mewn os mynnwch, ond ryn ni'n eich cynghori i *beidio* â mynd, oblegid fydd 'na ddim enaid byw yn mynychu'ch darlithie."

"Dewch nawr, Esyllt! Rych chi'n goramcangyfri nifer eich dilynwyr."

"Nac ydy!" meddai llanc tenau, onglog, â'i wallt tywyll yn fflopian dros ei sbectol.

"A phwy ych *chi*?" holodd Quintin.

"John Jones, myfyriwr ail flwyddyn yn astudio Anthropoleg," daeth yr ateb.

"A pha lwythau cyntefig, ar wahân i'ch llwyth chi eich hunan, sy'n defnyddio'r dyfeisiade delicet a chynnil hyn –" Cyfeiriodd Quintin at y baneri – "i gyflwyno'u syniade?"

"Mae'r baneri yma'n llawer mwy delicet na *gelignite*," oedd ateb John. "Gwell ichi wrando ar gyngor Esyllt."

"*Fydd* 'na neb yn eich darlithie, Mr Cadwaladr," ategodd Esyllt yn bendant.

"Fe gawn weld," meddai Quintin. "Mae gen i fwy o ffydd yn synnwyr cyffredin y mwyafrif." Edrychodd ar ei wats. "O fewn hanner awr mi fydda i'n camu at y podiwm yn f'ystafell ddarlithio i draddodi fy narlith gyntaf i'r myfyrwyr newydd, a phob myfyriwr yn bresennol ac yn eiddgar am wybodaeth; heb eu llygru gan eich strancie gwleidyddol *chi*. Nawr rhowch le imi basio."

Edrychodd y myfyrwyr eraill ar Esyllt, a honno'n nodio a'r rhengoedd yn agor, a Quintin yn camu trwodd fel seneddwr Rhufeinig wedi mygu miwtini ymysg y plebiaid. Hanner ffordd i fyny'r grisiau edrychodd dros ei ysgwydd. "O, Esyllt, mi fydda i'n eich disgwyl chi yn f'ystafell am un ar ddeg o'r gloch y bore 'ma am diwtorial. Peidiwch â bod yn hwyr." Ac i mewn ag ef drwy'r pyrth.

Aeth heibio i glwstwr o fyfyrwyr yn y coridor, a theimlo'u difrawder tuag ato. Atebwyd ei gyfarchion serchus â rhythiadau oeraidd. Daliodd i edrych yn serchus – yr ymateb gorau i'w hymddygiad anwaraidd. Aeth i mewn i'w ystafell a theimlo rhyddhad o'i gweld yn yr un cyflwr ag yr oedd ddiwedd tymor yr haf. Bu'n ofni gweld arwyddion o fandaliaeth, ond roedd popeth yn daclus ac yn ei le. Ar y mur gyferbyn â'i ddesg roedd darlun o'i arwr llenyddol, Kingsley Amis. Islaw'r darlun, roedd dyfyniad – hefyd wedi ei fframio, fel y darlun – o Atgofion Amis; dyfyniad yn cyfeirio at ateb Dylan Thomas pan holwyd hwnnw am ei farn ar Genedlaetholdeb Cymreig:

"Dylan Thomas answered the question in three words, of which the second and third were 'Welsh Nationalism'. He never again rose to such heights."

Eisteddodd Quintin wrth ei ddesg, a thynnu o'i *briefcase* lun a dorasai o bapur dyddiol, llun o'r llanast a wnaed yn y Ganolfan Archaeoleg. Safai rhywfaint o'r muriau allanol o hyd, ond y tu mewn iddynt gwelid pentyrrau o fetel ac o drawstiau yn mudlosgi; a thrwy ryfedd wyrth, arbedwyd o'r distryw y rhyfelwr Celtaidd hwnnw a godasai gymaint o fraw ym mynwes Quintin yn y tywyllwch yng nghyntedd y Ganolfan. Pwysai'r rhyfelwr yn awr allan o weddillion un o'r ffenestri, a Quintin – trwy ryfedd wyrth arall – yn argyhoeddedig fod llygaid maleisus y Celt yn rhythu arno o'r darlun. Gwthiodd Quintin y syniad o'r neilltu a gwenu ar y chwalfa.

Rhoddodd y darlun yn ôl yn y *briefcase*. Daethai'r amser iddo draddodi ei ddarlith. Cododd, cymhwyso'i wallt, a rhedeg ei law yn gariadus ar draws y bandais ar ei dalcen, cyn camu i'r coridor ac at yr ystafell ddarlithio.

Aeth i mewn i'r ystafell, â'i hwyliau'n codi o weld y lle yn orlawn a'r myfyrwyr yn eistedd yn dawel ar y meinciau a godai'n rhesi fel seddau amffitheatr. Aeth at y podiwm a gosod ei nodiadau arno, gafael yn llabedau ei siaced a chlirio'i wddf. "Ladies and Gentlemen," meddai, a'i lygaid yn crwydro ar draws ei gynulleidfa. Ymddangosent yn griw digon synhwyrol; diogel felly iddo fentro ar gyfeiriad ysgafn at y ffrwydrad. "Welcome to the English Department. Having newly escaped from the flames, as it were, and still feeling somewhat singed, I'm especially qualified to offer you a *warm* welcome." Dim adwaith. Oedodd a theimlo'n anniddig, a phenderfynu rhoi cynnig arall arni. "And you're all to be congratulated on putting yourselves so bravely this morning in the hands of so dangerous an arsonist." Dim adwaith. "And indeed, I intend to set *you* on fire, each and every one of you – afire with enthusiasm for the greatest literature the world has ever known, *English* literature, the very pinnacle of mankind's cultural achievement. By the time you graduate from this University, I trust each one of you will be a firebrand, a flaming torch, burning and crackling with your passion for English writers, and a danger to the dry, brittle Anglophobes who abound in these regions. Set fire to the Philistines! Let them perish with their obscure little gods – Aneirin and Taliesin and all the rest of their miserable, strict-metre pantheon!" Llefarai Quintin â gwên ar ei wyneb, i leddfu llymder ei sylwadau ac osgoi brifo'n ormodol deimladau'r rheiny ymysg ei gynulleidfa a deimlai'n gyfeillgar at y Cynfeirdd. Ond eto ni chafodd unrhyw adwaith gan y gynulleidfa.

"During this first term," aeth Quintin yn ei flaen, a'i anniddigrwydd yn cynyddu, "I intend to delve into the work of that splendid English novelist, Evelyn Waugh –"

Ataliwyd Quintin yn yr unfan gan symudiad disymwth y myfyriwr a eisteddai ym mhen y rhes gyntaf. Neidiodd hwnnw ar ei draed a nodio at weddill y rhes, a'r rhieny hefyd yn codi, a phawb ohonynt wedyn yn cerdded yn dawel a disgybledig ac urddasol at y drws ac allan i'r coridor. Felly hefyd, yn eu tro, y rhengoedd eraill, nes i'r ystafell wacáu'n gyfan gwbl, a Quintin yn rhythu ar y drws agored a chlywed y coridor yn atseinio i sŵn traed yr ymadawedig.

Felly! Roedd pethau *yn* mynd i fod yn anodd, ac yntau'n

gorfod wynebu cynllwynion i'w ddisodli. I ddiawl â'r cynllwynwyr! Fe wrthsafai ef bob ymgais i'w gael i ymddiswyddo; fe lynai wrth bob llythyren o'i gytundeb cyflogaeth a chyrraedd yr ystafell ddarlithio yn brydlon i draddodi pob darlith ar ei amserlen.

Tybed a oedd rhai o'r staff yn rhan o'r cynllwynio, ac yn annog y myfyrwyr i weithredu yn ei erbyn? Roedd yn amddifad o ffrindiau ymysg y darlithwyr a'r athrawon. Dim ond un ohonynt, sef yr Athro Rhodri Talgarth, Pennaeth Adran y Saesneg, a ddaethai i'w weld yn yr ysbyty... Rhodri Talgarth, y chwenychai Quintin ei Gadair pan fyddai hwnnw yn ymddeol. Diflannodd y gobaith hwnnw yn fflamau'r Ganolfan, wrth gwrs; rhaid iddo ganolbwyntio'i holl egni yn awr ar gadw ei swydd bresennol; ac yn y mater hwnnw, roedd Rhodri wedi bod yn gyfrwys-gynnil ac amwys yn ei sylwadau. Ond beth arall oedd i'w ddisgwyl gan ddyn a gynhyrchodd lyfr damniol ar Evelyn Waugh: llyfr yn canmol *techneg* y Sais athrylithgar hwnnw, a chyda'r anadl nesaf yn diawlio'r nofelydd yn ddidrugaredd a'i ddarlunio fel snob arswydus o ffiwdal, nad oedd ei nofelau, o ganlyniad, yn ffit i'w darllen gan neb ond Saeson o'r un meddylfryd pathetig. Ond o sôn am ymddygiad cyfrwys Rhodri Talgarth, gwyddai Quintin nad oedd ef ei hunan yn brin o gyfrwystra, yn arbennig ar yr achlysuron hynny pan lithrai i freichiau *gwraig* Rhodri...

Gosododd Quintin ei nodiadau dan ei gesail a cherdded allan i'r coridor, a chwrdd ag Osbert Meyrick â'i het bowler.

"A!" meddai Osbert. "Roeddwn i'n chwilio amdanat. Fe ddwedson nhw mai yma roeddet ti."

"*Nhw?*"

"Criw o fyfyrwyr; rhai serchus iawn hefyd, yn gwenu'n

braf a dweud y byddet ti'n falch iawn o 'nghwmni."

"Dere i mewn i fy stydi."

Suddodd Osbert yn drwm i'r gadair freichiau. "A dyma dy bencadlys di, ie?" Syllodd o'i amgylch, ac yna sylwodd ar y darlun ar y mur. "Pwy yw hwnna?"

"Kingsley Amis."

"Pwy?"

"Kingsley Amis, y nofelydd."

"Pwy yw *e?* Does gen i ddim i'w ddweud wrth nofelwyr... Criw od iawn."

"*Syr* Kingsley Amis," meddai Quintin.

"O. Mae'n siŵr fod ganddo *ryw* rinwedde felly."

"Wel, sut wyt ti'n teimlo, Osbert?"

"Yn anfodlon uffernol!" Siglai'r bochau enfawr. "Ble ddiawl gest ti'r ddyfais ffrwydro 'na? Feddyliais i erioed y cawn i gawod o sblintyrs lan fy nhin cyn imi gael siawns i'w heglu hi o'r llanast. Diolch i ti, mae'r tri ohonon ni yn y cachu."

"O, dere nawr, Osbert! Ryn ni wedi cael myrdd o lythyron o bob rhan o Loegr yn ein cefnogi –"

"Ond dim *un* o Gymru; ac yng Nghymru y cynhelir yr achos llys."

"Wyt ti wedi clywed wrth ein chwaer gymdeithas yn Lloegr? Mae ganddyn nhw aelode dylanwadol iawn, a'u bysedd yn ymestyn hyd yn oed i ganol brywes y Sefydliad Cymraeg."

"A dweud y gwir, Quintin, cefais lythyr y bore 'ma gan Dduges Cheltenham." Tynnodd Osbert ei het o barch i'r pendefigion, a'i gosod yn ofalus ar y llawr, a'r ymdrech o blygu yn llesteirio'i anadlu. Yna, o'i boced tynnodd amlen ac arni arfbais; arfbais Dugiaeth Cheltenham, tybiai Quintin. Roedd yr union arfbais i'w gweld hefyd ar dudalennau'r llythyr a osodwyd yn awr yn barchus ar ddesg Quintin.

Fel y gwnâi bob amser pan gyffyrddai ag unrhyw wrthrych oedd â chysylltiadau aristocrataidd, teimlai Quintin ias o gyffro. Cymerodd y llythyr, ac ysgrifen y Dduges yn mynnu ei holl sylw: ysgrifen fras a phendant, ond y sillafu a'r gramadeg yn sigledig ac yn ecsentrig:

"To Osbert Meyrick, President of the Cambrian Monarchist Society.

Sorry to hear of your bad luck. As Chief Patron of the English Monarchist Society, one feels deaply for you. One hopes they don't send you to prison. If they do, one's hart will blead for you, but you'll be suffering in a noble Cause.

I've told the Duke to get you some help from one of his polo-playing friends in Wales, name of Algy, a bit of an ass, but his hart's in the rite place, and I gather he has links with your quaint little Issteddffod (I'm sure I've spelt that rongly). Keep your pecker up. When all this is over, you must come to the Castle for a spot of tea one day and bring a Welsh quire with you, they sing so well, don't they, though what they have to sing about in Wales I don't know, having no aristocracy, and not content with that, having killed our king. Why do you live among such peasants?

Anthea, Duchess of Cheltenham.

P.S. What do you look like? One would like to have your photo. Do send me one, there's a good chap. A brave fellow like you must be worth a glance or two. I must say I've enjoyed writting to you. Now don't forget that photo.

God Save The Queen."

"Wel, wel!" meddai Quintin. "Wyt ti wedi anfon dy lun ati?"

"Dim eto, ond mi wna i."

"Pwy yw'r Algy 'ma mae hi'n sôn amdano?"

"Does dim syniad gen i, ond os yw e'n gysylltiedig â'r Eisteddfod, gall fod yn ddefnyddiol iawn inni. Gyda llaw, Quintin, wyt ti wedi dewis cwnsler i d'amddiffyn di?"

"Rwy'n mynd i f'amddiffyn fy hunan yn y llys."

"Paid â bod yn wirion! Nid cymdeithas ddadle yw'r llys; bydd yn brofiad hir a phoenus i'r tri ohonon ni. Mae'r blydi barnwyr Cymraeg yma'n beryglus o graff; mae angen y twrneiod gore arnon ni. Roeddwn i wedi gobeithio cael Lloyd-Fortescue, ond mae e'n rhy brysur â'r achos arall."

Roedd Quintin yn dal i fodio llythyr y Dduges. "Rwy'n meddwl y sgrifenna i lythyr bach at y Dduges," meddai yn freuddwydiol.

"Pam?" meddai Osbert yn ddrwgdybus gan afael yn y llythyr a'i wthio yn ôl i'w boced.

"Fel Ysgrifennydd ein Cymdeithas, mae'n ddyletswydd arna i. Ond dw i ddim am dy rwystro di rhag sgrifennu; a chofia amgáu dy lun. Gyda llaw, fe glywaist am Vavasor, debyg iawn?"

"Clywed beth?"

"Mae e wedi'i daflu allan o'i swydd yn yr Eglwys Gadeiriol. Dim ond rhyw bum munud a gymerwyd gan y Deon a'i ffrindie i ddod i'w penderfyniad; a'r Esgob wedyn yn eu llongyfarch nhw ar eu doethineb."

"I ddiawl â'r Esgob a'i Eglwys!" Cyrliodd Osbert ei fwstas. "Mi ga i swydd i Vavasor fel Gohebydd Cerddoriaeth ar un o 'mhapure." Gyda thipyn o drafferth, cododd o'i gadair. "Amser imi fynd. Dim ond galw heibio i ddangos llythyr y Dduges wnes i. Nawr cofia gael gafael ar gwnsler da." Clampiodd ei het bowler ar ei ben, a symud yn afrosgo at y drws. Cyn iddo gyrraedd, dyma'r drws yn agor ac ymwelydd arall yn ymddangos.

"A, Quintin! Mae gen ti gwmni!" meddai'r Athro Rhodri Talgarth.

"Dere i mewn. Mae Osbert ar fin gadael."

"A, wrth gwrs!" meddai Rhodri. "Osbert Meyrick... Dylwn fod wedi'ch adnabod chi ar unwaith o'ch llunie yn y papure." Estynnodd ei law. "Y tro cynta imi gwrdd â theicŵn papure dyddiol. Wedi gwella o'ch clwyfe, gobeithio?"

"Pwy ych *chi?*" meddai Osbert yn swrth.

"Dyma'r Athro Rhodri Talgarth, Pennaeth yr Adran yma," meddai Quintin. "Bywgraffydd byd-enwog, a chroeshoeliwr Evelyn Waugh."

"Pwy oedd hi?" holodd Osbert.

"Nid *hi... Fe,*" meddai Quintin.

Siglodd Osbert ei ben. "Rych chi bobol lenyddol yn byw yn eich byd bach eich hunain, a byd bach od iawn yw e hefyd, ddwedwn i. Wel, dydd da i chi'ch dau." Camodd allan fel pe bai'n dianc o gwmni amheus.

"Mae'n dda dy gael di'n ôl, Quintin," meddai Rhodri wrth eistedd.

Edrychodd Quintin yn fanwl ar yr Athro: gŵr salw o fain, gwallt tywyll ac anniben, llygaid tywyll, llais uchel a cheintachlyd; anodd esbonio sut llwyddodd hwn i ddenu Lowri, merch hardd a hawddgar a oedd erbyn hyn wedi hen sylweddoli maint ei chamgymeriad.

"Wedi setlo lawr?" meddai Rhodri.

"Rwy *i* wedi setlo lawr, ond mae rhai o'r myfyrwyr yn ei chael hi'n anodd."

"A ie. Clywais fod dosbarth o fyfyrwyr wedi ffarwelio

â thi'n ddisymwth y bore 'ma. Anffodus iawn."

"Maddau imi am ddweud hyn, Rhodri, ond, fel pennaeth yr Adran, oni ddylet ti fod wedi siarad â nhw ymlaen llaw, a'u rhybuddio nhw rhag gweithredu fel y gwnaethon nhw?"

"O dere nawr, Quintin! Pe bawn i wedi gwneud hynny, byddai pethe wedi gwaethygu; gwyddost yn iawn sut mae meddylie myfyrwyr yn gweithio."

"Beth yw teimlade'r staff tuag ata i?"

"Anghyfeillgar iawn, mae arna i ofn. Lwcus iti beidio â mentro i'r *Common Room* y bore 'ma; gallet fod wedi cael rhagflas o'r hyn ddigwyddodd i ti yn y stafell ddarlithio."

"Mae pethe mor wael â hynny?"

"Roedd yr Athro Cymraeg am fynd ymhellach, ac yn sôn am ymosod arnat ti –"

"Y barbariad 'na." Gwingodd Quintin o feddwl am Seimon Aman a'i ddyrnau swmpus.

"Wel, mae 'na gysylltiad cryf rhwng yr Adran Gymraeg a'r Ganolfan Archaeoleg Geltaidd, fel y gwyddost. A barnu wrth fygythiade Seimon, byddai dy waed di wedi pistyllu ar draws y *Common Room*."

"Mae'r ffŵl yn perthyn i Oes y Cerrig."

"Fedri di ddim ei anwybyddu, Quintin. Mae'n bwriadu codi'r mater yng nghyfarfod Cyngor y Coleg yr wythnos nesa; yr eitem gyntaf ar yr agenda fydd cynnig Seimon dy fod ti'n cael dy ddiswyddo ar unwaith."

"Cha i mo 'nychryn gan y Celt cyntefig."

"Debyg iawn. Ond mae ganddo gefnogwyr ar y Cyngor. Mae 'na sôn y bydd y Cyngor yn sefydlu tribiwnlys arbennig i drafod dy sefyllfa di."

"Mi ga i dy gefnogaeth *di*, Rhodri? Fel Pennaeth yr

Adran a Deon y Celfyddydau, bydd dy ddylanwad di'n gryf."

Gorffwysai gên Rhodri ar flaenau ei fysedd. A'i lygaid yn gilagored, edrychodd ar Quintin. "O, mi fydda i'n siŵr o bwysleisio dy rinwedde fel darlithydd, a'th weithie safonol ar Kingsley Amis ac Anthony Powell, a'th enw da ymysg aelode'r Sefydliad Llenyddol yn Llundain."

"Dyna ddigon o wafflo, Rhodri. Dwed yn blwmp ac yn blaen – sut byddi di'n bwrw dy bleidlais yng nghyfarfod y Cyngor?"

"Diar mi! Dyna'r union gwestiwn a ofynnwyd imi gan Lowri dros y tost a'r marmalêd y bore 'ma. A hynny heb unrhyw rybudd. Roedden ni yng nghanol pwnc arall, ond yn sydyn dyma hi'n taflu'r cwestiwn yna ata i. Rhyfedd o beth."

"Dim o gwbl. Roedd y cwestiwn yn profi bod ei blaenoriaethe hi'n iawn. Mae'n gysur gwybod bod gwraig yr Athro yn poeni amdana i."

"Sut gwyddost ti ei *bod* hi o dy blaid di, Quintin?"

"Greddf," meddai Quintin yn ofalus.

"Mae hi *yn* gefnogol i ti."

"Fyddet ti ddim yn mynd yn groes i'w dymuniad hi, Rhodri, does bosib?"

"O, mi fydd ei theimlade cryf yn y mater yn siŵr o ddylanwadu arna i, paid â phoeni. Pan ddaw'r amser, mi fydda i'n barod i gael fy nghyfri."

Roedd sylwadau Rhodri yn anghyffyrddus o amwys, a Quintin o ganlyniad yn gynyddol anesmwyth. Roedd *bron* yn sicr na wyddai Rhodri am ei berthynas â Lowri; gobeithiai yn awr na fu Lowri yn *rhy* frwdfrydig o'i blaid a thrwy hynny godi amheuon a drwgdybiaeth ym meddwl Rhodri.

"Mae gen ti diwtorial gydag Esyllt Aeron yn hwyrach y bore 'ma, on'd oes?" meddai Rhodri.

Nodiodd Quintin.

"Fydd hi ddim yno," meddai Rhodri.

"Mae hi wedi dweud hynny wrthyt?"

"Ydy. Roedd hi'n hollol agored yn y mater. Trueni i'n myfyrwraig ddisgleiriaf gymryd yn dy erbyn di; mae ganddi ddylanwad cryf ar y myfyrwyr eraill. Mae 'na sôn nawr am ledu'r boicotio i holl adrannau'r Coleg; gobeithio'n fawr y gellir datrys y broblem cyn i'r peth droi yn wir argyfwng." Cyfeiriodd Rhodri at dalcen Quintin. "Gyda llaw, roedd Lowri am imi holi ynghylch dy anafiade. *Roedd* 'na ddiffyg *finesse* yn dy ddyfais, Quintin; un rymus iawn, wrth gwrs, ond doedd hi ddim i fod i chwalu ei chreawdwr. Mae'r clwyf ar dy dalcen yn gwella'n foddhaol, gobeithio? Peth annifyr fyddai iti orfod cario bathodyn dy gywilydd am gyfnod hir, fel Cain modern." Roedd dagr yng ngwên Rhodri.

Pennod 9

Yn y Llys –y Diwrnod Cyntaf

EDRYCHODD GETHIN GARMON o'i gwmpas, a theimlo'n gartrefol. Dyma'i gynefin, llys Cymraeg: y seddau a'r meinciau o farnais gloyw yn dwyn i gof hen gapel anghydffurfiol, mainc y cwnsleriaid yn hynod debyg i Sêt Fawr, ac eisteddle'r Barnwr yn bulpud urddasol. Ar y naill ochr i eisteddle'r Barnwr, ond yn is, roedd meinciau'r rheithgor, ac ar yr ochr arall eisteddai swyddogion a chlercod y llys. Llenwyd gweddill y meinciau ar lawr y llys gan wŷr y Wasg, a'r oriel gan y cyhoedd disgwylgar. Roedd pawb o'r *Dramatis Personae* yn bresennol ac eithrio Ffiona Degwel a'r Barnwr.

Syllodd Gethin ar Syr John Lloyd-Fortescue a eisteddai ryw bedair llathen oddi wrtho. Gwisgai Syr John holl lifrai bargyfreithiwr Saesneg – y berwig a'r gŵn a'r coler a'r dici bo gwyn a'r siaced ddu a'r trowsus streip – a'r cyfan yn gwrthgyferbynnu'n drawiadol â siwt lwyd anffurfiol Gethin. Beth fyddai adwaith y Barnwr, tybed, i rwysg y marchog yma o lysoedd Lloegr?

Agorwyd drws yn ochr y llys a chamodd Ffiona i mewn â Sara Crasnant, Rheolwraig y carchar, yn ei dilyn. Cododd graddfa ddesibel y murmur a'r sibrwd. Aeth Ffiona yn syth ac yn serchus i'w lle yn ymyl Gethin, a Sara yn ei setlo'i hunan yn swrth ymysg y swyddogion.

"Gobeithio dy fod ti mewn hwylie da, Gethin,"

meddai Ffiona.

"Rwyt ti'n amlwg felly. Sut yn y byd y medri di fod mor ysgafngalon?"

"Ffydd, Gethin bach, ffydd! Fe wyddost yn iawn mod i wedi edrych ymlaen yn eiddgar at y foment hon."

"Mae Sara Crasnant yn edrych yn stormus arnat ti. Wyt ti wedi ei hypsetio hi'r bore 'ma?"

"Dim ond canmol ei dannedd wnes i a dweud bod y rheiny'n destun siarad edmygol ymysg y carcharorion."

"Pam dylai hi ddigio o achos hynny?"

"Mae hi'n cael affêr gyda Phrif Swyddog Deintyddol y Carchardai. Fe'u gwelwyd – drwy dwll clo – yn cofleidio'i gilydd yn nwydus, dannedd y naill yn sownd blaenddant wrth gilddant y llall. Golygfa fythgofiadwy! Mi wela i eisiau'r hen le – mae'r carchar 'na'n pwlsadu â bywyd. A! On'd yw Syr John yn edrych yn blês â'i hun? O na wyddai am yr hyn sy'n ei aros!"

"Tawelwch!" bloeddiodd un o'r swyddogion. "Pawb ar eu traed i'r Arglwydd Watcyn Meredith, Arglwydd Brif Ustus Cymru!"

Pawb yn ufuddhau ac yn syllu'n dawel ar y Barnwr. Wedi gwasanaethu am ddegawd fel Llywydd Uchel Lys Ewrop, dychwelsai Watcyn Meredith i'w famwlad, yn uchel ei barch ac yn ddiymhongar ei ymddygiad, ei wynepryd pinc a'i wallt arian yn gefndir perffaith i'w lygaid gleision bywiog. Cloffai rywfaint wrth gerdded, canlyniad anhap a gafodd wrth ddringo yn yr Alpau. Yr unig lifrai a wisgai yn awr oedd mantell ddu syml yn debyg i ŵn athro graddedig.

Eisteddodd y Barnwr a nodio'n gyfeillgar ar y llys yn gyffredinol, a phawb yn eistedd drachefn. Yna syrthiodd ei lygad ar Syr John. "A! Tybed a fydd Cwnsler yr Erlyniad cystal â chodi a'i wneud ei hunan yn wybyddus i'r llys?"

Cododd Syr John a throi at y cyhoedd, fel y gallai'r rheiny flasu ei fawredd, ac yna at y Barnwr. "Yn ogystal â bod yn Gwnsler yr Erlyniad, f'Arglwydd, ystyriaf fy hunan yn yr achos yma yn gynrychiolydd y Teulu Brenhinol, ac mae'r cyfrifoldeb yn pwyso'n drwm arna i."

"Debyg iawn," meddai'r Barnwr. "Efallai y byddai'r pwyse yn llai llethol pe baech yn diosg eich perwig."

"Diosg fy – ?" Ysgydwyd Syr John gan yr awgrym.

"Dyn ni ddim yn caniatáu'r fath wisg ffansi yn ein llysoedd; gallai effeithio'n andwyol ar dystion nerfus. Felly, er lles Cyfiawnder ac o barch at ein harferion, tynnwch eich perwig."

"Ond f'Arglwydd! Mi fydda i'n teimlo'n lletchwith hebddi."

"Gobeithio nad yw cryfder eich achos yn dibynnu ar eich perwig, Syr John."

"Na, wrth gwrs, f'Arglwydd, ond –"

"A fydd eich huodledd yn llai a'ch dadleuon yn gwanychu heb y berwig ar eich pen?"

"*Na*, f'Arglwydd!" Roedd awgrym o sgrech yn llais Syr John.

"Ardderchog!" Gwenodd y Barnwr.

Pwysodd Ffiona at Gethin a murmur, "Rwy *yn* mynd i fwynhau'r achos 'ma!"

Roedd Syr John yn awr wedi diosg ei berwig a'i gosod yn ofalus ar y ford o'i flaen. Yna, â'i wyneb ar dân, eisteddodd.

"Dyna ni!" meddai'r Barnwr. "Nawr ymlaen â'r achos. Fel sy'n wybyddus i bawb, mae'r diffynnydd, Ffiona Degwel, eisoes wedi cyfaddef iddi drywanu'r Brenin Rupert y Cyntaf. Tasg y rheithgor fydd penderfynu ai Llofruddiaeth oedd ei gweithred neu Ddynladdiad. Mae llawer o'r gwaith rhagarweiniol yn ymwneud â'r achos wedi ei gyflawni eisoes gan y Prif Ynad a'i staff; ugeinie o dystion wedi eu holi, a'u tystiolaeth wedi'i hasesu'n ofalus. O ganlyniad, gallwn ganolbwyntio nawr ar nifer fechan o dystion ac ar y dystiolaeth sy'n anhepgor i'r naill ochr a'r llall, ac osgoi'r ailadrodd diddiwedd sy'n nodweddu llysoedd Lloegr. Ac mi geisiwn ni gadw pethe mor anffurfiol ag sy'n bosib. Ni chaiff y Gwirionedd ei guddio a'i gymylu gan dricie fforensig cyfrwys." Gwenodd y Barnwr ar y ddau gwnsler. "Nawr 'te, mi alwa i ar Syr John i roi ei anerchiad agoriadol."

Cododd Syr John. Roedd yn amlwg anhapus â chyfundrefn gyfreithiol Cymru. Crychodd ei dalcen. Gwthiodd ei ên enfawr ymlaen megis blaen llong yn rhwygo'r dyfroedd. Gafaelodd yn llabedau ei siaced. "Aelodau'r rheithgor!" chwyrnodd, a hoelio'i lygaid ar y criw diniwed hynny. "Does dim angen i'r achos yma fod yn un maith. Mae'r ffeithiau'n syml, y digwyddiad canolog yn waedlyd, y troseddwr yn unplyg yn y cynllunio ac yn ddiysgog a mileinig yn y cyflawni, a'r canlyniad yn drychineb genedlaethol. Mewn ymgais i ostwng graddfa'r drosedd i ddynladdiad, ac am nad oes ganddynt unrhyw gwrs arall yn agored iddynt, mae'n debyg y bydd yr Amddiffyniad yn pledio Cyfrifoldeb Lleihaëdig – *Diminished Responsibility* – ac yn ceisio profi bod y diffynnydd, ar y foment dywyll a thyngedfennol honno ar lwyfan y Brifwyl, yn dioddef o ryw annormaledd meddyliol sydyn a thros dro. Nonsens! Peidiwch â chael eich twyllo, foneddigion a boneddigesau! Dros gyfnod o fisoedd bu Ffiona Degwel yn cynllunio'r weithred echrydus yn fanwl, â'i hymennydd yn ysgolheigaidd glir. Popeth wedi ei ddewis yn ofalus: y lle, yr amser, yr arf. A phan ddaeth yr awr, roedd y llofrudd yn barod. Ar yr union foment pan gydiodd yr Archdderwydd yn y cleddyf enfawr a pharatoi i'w weinio yn enw Heddwch, ar y foment *honno*, rhuthrodd Ffiona Degwel at Rupert y Cyntaf a chladdu dagr yn y fynwes frenhinol. Y weithred dduaf yn hanes Cymru, wedi ei chynllunio a'i chyflawni â'r union berffeithrwydd a enillodd y Gadair i'r ddynes ddieflig yma. Ac fel yr haeddodd hi ganmoliaeth uchel y tri beirniad doeth y prynhawn hwnnw am ei barddoniaeth, felly nawr yr haedda hi ddyfarniad cyfiawn gan *ddeuddeg* o wŷr a gwragedd doeth am ei throsedd erchyll. Foneddigion a boneddigesau, mae'n *rhaid* ichi ei chael hi'n euog o Lofruddiaeth." Oedodd Syr John, a thynnu hances o'i boced a sychu ei dalcen.

"Lwcus ichi ddiosg eich perwig, Syr John," meddai'r Barnwr, "neu byddech yn boethach fyth."

"O, rwy'n eitha cyffyrddus, f'Arglwydd."

"Da iawn. Ydych chi wedi gorffen eich anerchiad agoriadol?"

"Ydw, f'Arglwydd."

"Anerchiad delfrydol o fyr; yn glir a phwrpasol."

"Diolch, f'Arglwydd."

"Gawn ni alw ar eich tyst cyntaf, felly?"

"Os gwelwch yn dda, f'Arglwydd."

Edrychodd y Barnwr ar ei nodiadau cyn troi at un o swyddogion y llys a nodio, a hwnnw'n mynd i nôl y tyst cyntaf. Yn y man ymddangosodd Miss Agatha Ffoulkes.

"I arbed amser y llys," meddai'r Barnwr, "fe gyflwyna i y tyst cyntaf. Dyma Miss Agatha Ffoulkes, cyn-ddarlithydd Prifysgol, aelod o Orsedd y Beirdd, ac yn awr yn aelod o Senedd Cymru. Eisteddai Miss Ffoulkes ar lwyfan y Brifwyl ryw dair neu bedair troedfedd yn unig y tu ôl i'r

Brenin Rupert y prynhawn bythgofiadwy hwnnw. Nawr 'te, Syr John."

"Miss Ffoulkes!" meddai Syr John. "Ydych chi'n adnabod y diffynnydd?"

"Ydw."

"Yn dda?"

"Yn ddigon da."

"Garech chi ymhelaethu?"

"Roedden ni'n cyfarfod yn aml mewn eisteddfode, a hefyd mewn cynadledde academaidd. Roedd fy mhwnc i, Hanes Hynafol, yn cyffwrdd â'i phwnc hi, sef Archaeoleg."

"Fel y gwyddys, mae Miss Degwel yn fyd-enwog fel archaeolegydd. Ond beth am ei chymeriad hi a'i phersonoliaeth hi? Sut disgrifiech chi'r rheiny?"

"Mae hi'n berson hollol hunanfeddiannol."

"Ond mae hi'n fardd yn ogystal ag ysgolhaig, Miss Ffoulkes. Onid yw beirdd weithiau'n greaduriaid mympwyol ac afreolus – *gwyllt* hyd yn oed?"

"Nid felly Miss Degwel."

"Gollodd hi ei thymer erioed yn eich presenoldeb chi?"

"Na."

"Mae'r ysgolheigion mwya parchus yn medru cweryla'n chwerw am eu gwahanol ddamcaniaethau, a chloestrau'r prifysgolion yn atseinio â'u sgrechfeydd. Glywsoch chi Miss Degwell yn ffrwydro felly?"

"Diar mi, na!"

"Dim hyd yn oed pan fyddai'n cael ei phryfocio gan elyn academaidd?"

"Na, yn bendant, na!"

"Felly pan welsoch chi Miss Degwel yn neidio o'i chadair ar lwyfan y Brifwyl ac yn trywanu'r brenin, beth oedd eich adwaith chi?"

"Arswyd! Braw! Ac ar yr un pryd, teimlad cryf bod y weithred wedi ei chynllunio ymlaen llaw, ac nad effaith rhyw ruthr sydyn o waed i'r ymennydd fel petai ydoedd. Nid creadur o fympwy yw Miss Degwel. Yn wir, roedd wyneb Miss Degwel ar y pryd yn gwbl dawel ei fynegiant; bron na ddwedwn i fod 'na edrychiad tangnefeddus ar ei hwynepryd."

"Fel y dwedsoch chi, Miss Ffoulkes, fe gawsoch eich brawychu gan y digwyddiad. Mae gweld dagr yn cael ei wthio i fynwes *unrhyw un* yn brofiad erchyll, ond pan yw'r fynwes honno yn fynwes i *frenin*, mae'r braw a'r sioc yn cynyddu ar ei ganfed. Felly roedd hi gyda chi, Miss Ffoulkes?"

"Ie. Ac eto –"

"Ie, Miss Ffoulkes?"

"Ac eto, pe bai Miss Degwel *yn* mynd i lofruddio rhywun – er, feddyliais i erioed amdani yn y cyd-destun hwnnw, wrth gwrs – ond pe bai hi *yn* mynd i lofruddio rhywun, yna, y Brenin Rupert fyddai'r targed."

"O? Pam felly?"

"Roedd hi'n casáu'r brenin."

"Sut gwyddoch chi hynny?"

"Fe'i gwelais hi mewn cynhadledd ym Mhrifysgol Abertawe ryw bythefnos cyn yr Eisteddfod. Siaradai bob amser yn wawdlyd am frenhiniaeth; ond y tro yma roedd ei sylwade yn fwrlwm o atgasedd."

"Fedrwch chi gofio'i geiriau, Miss Ffoulkes?"

"Medraf. Disgrifiodd hi'r Brenin Rupert fel hyn: 'Creadur ffiaidd a satanaidd. Bwystfil. Y Brenin Beelzebub'."

"Gawsoch chi reswm ganddi dros ei theimladau eithafol?"

"Na; ond fe deimlais ei hatgasedd yn fflachio megis cleddyf oer a miniog yng ngwres y prynhawn. Profiad rhyfedd. Dyna lle'r oedden ni'n cerdded ar hyd y lawntie braf, a'r haul yn gloywi a chynhesu popeth o'n cwmpas, ac yn sydyn, wrth i'r sgwrs droi at y brenin, dyma'r awyrgylch yn newid yn gyfan gwbl, a'i hatgasedd yn peri imi *grynu*."

"Dych chi ddim yn gorliwio pethau, Miss Ffoulkes?"

"Dim o gwbl. Fel hanesydd, rwy bob amser yn medru gweld ac asesu'r gorffennol – hyd yn oed y gorffennol agos – yn gwbl wrthrychol."

"Wrth gwrs, Miss Ffoulkes. Rwy'n ymddiheuro. Nawr, y sgwrs yma yn Abertawe, ai dyna'r tro olaf ichi siarad â hi?"

"Ie; ond nid y tro olaf iddi *hi* siarad â *mi*."

"O? Ateb gogleisiol iawn, Miss Ffoulkes. Garech chi esbonio?"

"Wel, pan laddwyd y brenin, roeddwn i'n eistedd yn rhes gyntaf yr Orsedd, y rhes flaen, yn union y tu ôl i'r brenin. A phan wthiodd Miss Degwel y dagr yn ddwfn i fynwes Rupert, fe edrychodd hi i fyw fy llygad a murmur, 'Buddug yn taro drachefn!' Anelwyd y geirie'n bwrpasol ata *i*; rwy'n siŵr o hynny."

"A olygai'r geiriau rywbeth i chi?"

"Wel, fel y gwyddoch, Syr John, Buddug oedd brenhines llwyth yr Iceniaid, ac mae ei gorchestion hi yn erbyn y Rhufeiniaid wedi ennill lle anrhydeddus iddi yn hanes Prydain. Efallai bod Miss Degwel yn ei gweld ei hunan fel rhyw Fuddug yn taro yn erbyn y Rhufeiniaid modern, sef y Saeson, ac yn dial arnynt am eu camwedde yn erbyn Cymru, camwedde sy nawr yn angof gan y mwyafrif o bobol, ond sy'n dal i gorddi mewn ambell fynwes anfaddeugar."

Edrychodd Syr John ar y Barnwr. "Does gen i ddim rhagor o gwestiynau i'r tyst yma, f'Arglwydd."

Edrychodd y Barnwr ar Gethin. "Ydych chi'n barod i groesholi, Mr Garmon?"

Nodiodd Gethin; cododd, ac edrych yn gyfeillgar ar Agatha. "A ninne'n gyd-aelode yn y Senedd, Miss Ffoulkes, mi fyddwch yn teimlo'n eitha cyffyrddus yn fy wynebu fel hyn; ac mi hoffwn eich canmol chi am eglurdeb a huodledd eich atebion i gwestiyne Syr John."

"Diolch," meddai Agatha yn ddrwgdybus.

"Fel y dwedsoch chi wrth y llys, rych chi'n adnabod Miss Degwel yn eitha da, ac mae pawb ohonom wedi gwrando'n astud ar eich adroddiad o'r sgwrs yna ym Mhrifysgol Abertawe; adroddiad gafaelgar tu hwnt."

"Diolch."

"Mewn ychydig frawddege fe grynhoesoch chi – ac fe gyflwynoch chi i'r llys – hanfod agwedd Miss Degwel tuag at y Brenin Rupert."

"Diolch."

"Fedrwch chi gofio ochr arall y sgwrs?"

"Ochr arall?"

"Ie; eich cyfraniad *chi* i'r sgwrs, Miss Ffoulkes, ac yn benodol eich adwaith chi i atgasedd Miss Degwel tuag at y brenin."

"Fe ddwedais wrthi mod i'n anghytuno â hi."

"Onid yw'r disgrifiad yna o'ch ymateb braidd yn feddal, Miss Ffoulkes? Onid yw'n wir dweud bod eich adwaith yn llawer cryfach?"

"Ydy; rwy'n cyfaddef hynny."

"Yn wir, fe droesoch yn ffyrnig ar Miss Degwel."

"Do, debyg iawn."

"Fedrwch chi gofio'r geirie – yr union eirie – a

ddefnyddioch chi? *Rhai* ohonyn nhw?" Gwenodd Gethin ar Agatha, ac ymhyfrydu yn yr arwyddion anesmwythyd ar ei hwyneb.

"Dw i ddim yn siŵr y medra i."

"O, gwnewch eich gore, Miss Ffoulkes! Mae'n hollbwysig i'r llys gael adroddiad llawn o'r sgwrs ddramatig honno."

"Fe ddwedais wrthi y dylai fod cywilydd arni sôn yn y fath derme am y brenin."

"A dyna'r cyfan?"

"Dyna gnewyllyn f'ymateb."

Edrychodd Gethin ar ei nodiadau. "Onid y gwir yw hyn, Miss Ffoulkes, ichi golli'ch tymer yn llwyr ac ysgwyd eich bys yn wyneb Miss Degwel a bloeddio, 'Y blydi ast fach weriniaethol! Yn meiddio pardduo enw da brenin eneiniog! Fe ddylech gael eich hyrddio i'r Tŵr yn Llundain, a phawb arall o'r giwed wrthfonarchaidd gyda chi!'" Mwynhaodd Gethin yr ebychiadau o syndod a ddaeth o bob rhan o'r llys. "*Fe* ddefnyddioch chi'r geirie 'na, Miss Ffoulkes?"

"Efallai imi wneud."

"Mae gennym dyst, rhywun sy'n barod i gadarnhau eich bod wedi gwneud, rhywun a gerddai ychydig lathenni y tu ôl ichi a synnu'n ddirfawr at yr hyn a glywodd. Nawr, fe ddefnyddioch chi'r union eirie 'na, Miss Ffoulkes, on'dofe?"

"Do, â phob cyfiawnhad."

"Rych chi'n fonarchydd pybyr felly?"

"Ydw."

"Ac roeddech chi'n edmygydd mawr o'r Brenin Rupert?"

"Oeddwn."

"Gall y llys ddeall felly eich teimlade gwenwynllyd tuag at Miss Degwel. Wrth gwrs, anaml y cawn y fath eirie anweddus gan aelode hynaws Gorsedd y Beirdd. Pryd cawsoch chi'ch derbyn i'r Orsedd?"

"Bum mlynedd yn ôl."

"Fel cydnabyddiaeth o'ch dawn fel bardd?"

"Na, fel cydnabyddiaeth o'm gwasanaeth i ysgolheictod ac i astudiaethe Hanes."

"Ond rych chi *yn* cyfansoddi barddoniaeth, Miss Ffoulkes?"

"Ydw."

"Fuoch chi'n cystadlu yn y Brifwyl?"

"F'Arglwydd!" Neidiodd Syr John ar ei draed. "Fedra i ddim gweld perthnasedd y cwestiynau hyn."

"Fe ddaw'r perthnasedd yn amlwg yn y man," meddai Gethin.

Nodiodd y Barnwr arno, ac aeth Gethin yn ei flaen. "Wel, Miss Ffoulkes, *fuoch* chi'n cystadlu yn y Genedlaethol?"

"Do."

"Yn gyson?"

"Do."

"Ym mha gystadleuaeth?"

"Yr Awdl."

"A heb ennill hyd yn hyn?"

"Dyna'r sefyllfa."

"Roesoch chi gynnig arni eleni?"

"Do."

"A chael eich trechu drachefn, a'r tro yma gan Miss Degwel – y tro cyntaf iddi *hi* gynnig am y Gadair. Mae'n amlwg i'r llys yma nawr pam rych chi'n teimlo mor chwerw tuag at Miss Degwel; mae blynyddoedd o rwystredigaeth yn berwi y tu mewn ichi – ac nid rhwystredigaeth eisteddfodol yn unig."

"Rych chi'n siarad nonsens, Mr Garmon."

"Tybed. Ydych chi'n cofio'r siom broffesiynol gawsoch chi ddwy flynedd yn ôl?"

"Ddwy flynedd yn ôl?"

"Pan gynigiwyd Cadair Gwareiddiadau Hynafol yn Rhydychen i Miss Degwel, a hithau'n ei gwrthod."

"Ydw, rwy'n cofio hynny." Roedd awgrym o straen yn llais Agatha.

"A chithau'n chwennych yr union Gadair, Miss Ffoulkes?"

"Fel pob hanesydd cymwys arall."

"Ac wedi clywed am benderfyniad Miss Degwel, beth wnaethoch chi?"

"Dw i ddim yn siŵr mod i'n deall eich cwestiwn."

"O, rwy'n siŵr eich bod chi, Miss Ffoulkes. Oni lyncoch chi'ch balchder, a gofyn i Miss Degwel am ei help i gipio'r swydd i *chi*?

"Debyg iawn mod i wedi gwneud hynny; peth cyffredin iawn yn y byd academaidd."

"A beth oedd ymateb Miss Degwel?"

"Addawodd wneud ei gore."

"Wnaeth hi hynny?"

Tawelwch, ac Agatha yn rhythu'n ffyrnig ar Ffiona. Yna ffrwydrodd yn sydyn. "Naddo!" Pwyntiodd fys cynddeiriog at Ffiona. "Rwy'n siŵr *na* wnaeth hi! Yn wir, mae'n fwy tebygol iddi wneud ei gore i'm *rhwystro* rhag cael y swydd! Yr ast hunanfodlon! Ond pa fodd y cwympodd y cedyrn!" Atseiniodd y floedd drwy'r llys. "Beth amdani *nawr*, Ffiona Degwel? E? Beth amdani *nawr*, yr ast fach weriniaethol! Pa fodd y cwympodd y cedyrn! On'd e, Miss Degwel? Pa fodd y syrthiodd y trwyn bach sarhaus 'na i'r blydi baw!"

Yn y distawrwydd dwys a ddilynai'r sgrechian byddarol, edrychodd Gethin ar y Barnwr. "Does gen i ddim rhagor o gwestiyne i'r tyst diduedd a thawel a gwrthrychol yma, f'Arglwydd." Eisteddodd, a theimlo'n fodlon iawn ar bethau.

Trodd y Barnwr at Syr John. "Ydych chi am ailholi'ch tyst cyntaf, Syr John?"

Siglodd hwnnw ei ben.

"Diolch, Miss Ffoulkes," meddai'r Barnwr, a honno'n mudlosgi wrth adael y llys.

"Ydych chi'n barod i holi'ch ail dyst, Syr John?"

"Ydw, f'Arglwydd."

Nodiodd y Barnwr ar swyddog y llys a aeth i nôl y tyst.

Roedd yr ail dyst yn ddyn trawiadol yr olwg, gosgeiddig tu hwnt, unionsyth, ieuanc, tal, glân ei wynepryd, â gwallt du sidanaidd wedi ei iro'n fflat i'r pen.

"A!" meddai'r Barnwr. "Syr Prosser Picton! Croeso cynnes! Y gair o Balas Buckingham ryw wythnos yn ôl oedd y byddai eich angen chi yn y Palas heddiw mewn seremoni arwisgo. Mae'n dda gweld bod y Teulu Brenhinol wedi aildrefnu eu blaenoriaethe a chaniatáu ichi ymuno â ni. "

Nodiodd ar Syr John, a throdd hwnnw at ei gydfarchog.

"Syr Prosser!" meddai Syr John. "A wnewch chi esbonio i'r llys yma natur eich swydd a'ch dyletswyddau yn y Palas?"

"Hyd at farwolaeth y Brenin Rupert, fi oedd ei Ysgrifennydd Personol."

"Roeddech chi'n adnabod y brenin yn dda felly?"

"Yn dda iawn."

"Ac yn gwybod am bawb a ddeuai i'w weld yn y Palas

ar ymweliadau cyhoeddus neu breifat?"

"Yn wir. Fi fyddai'n gyfrifol am drefnu'r ymweliadau."

"A drefnoch chi i rywun yn y llys yma ymweld â'r brenin?"

"Do. Y diffynnydd, Miss Ffiona Degwel."

"Pam cafodd Miss Degwel yr anrhydedd?"

"Roedd gan y brenin ddiddordeb mewn Archaeoleg Geltaidd, a gwyddai fod Miss Degwel yn awurdod ar y pwnc. Roedd yn awyddus felly i gael sgwrs â hi."

"Ydych chi'n cofio'r achlysur?"

"Yn glir iawn. Mi hebryngais i Miss Degwel i stafelloedd preifat y brenin, a chael gair â hi a'r brenin cyn iddynt fynd i mewn i stydi'r brenin."

"Beth oedd agwedd y brenin tuag ati?"

"Cyfeillgar iawn. Yn wir, mynnodd y brenin iddi anghofio'i deitl a'i statws am y tro, a defnyddio'i enw yn unig wrth iddynt sgwrsio â'i gilydd – ffafr a gyfyngai i'w ffrindiau agosaf."

"Am ba hyd y bu'r ddau ohonynt gyda'i gilydd yn y stydi?"

"Rhyw dair awr – amser anarferol o hir."

"Welsoch chi Miss Degwel cyn iddi adael y Palas?"

"Do. Fe'i hebryngais hi allan i'w char."

"Beth oedd ei hagwedd wrth ymadael?"

"Anniddig iawn, er syndod mawr i mi, a hithau wedi'i hanrhydeddu â chwmni'r brenin cyhyd. Yn wir, fe awn cyn belled â dweud ei bod yn faleisus ei hagwedd."

"Geisioch chi gael eglurhad ganddi am ei hagwedd?"

"Do, ond yn ofer. Bu fawr o eiriau rhyngom. Ond fe gefais i esboniad gan y brenin yn ddiweddarach."

"O?"

"Yn ystod y teirawr yn ei stydi, meddai'r brenin, cafodd

ei swyno a'i syfrdanu gan ysgolheictod a brwdfrydedd Miss Degwel; teirawr hynod fuddiol a chyffrous iddo. Ond cafodd ei siomi gan un nodwedd o'i chymeriad. Wrth i'w hamser gyda'i gilydd ddirwyn i ben, darganfu'r brenin fod yn gas gan Miss Degwel gael ei gwrth-ddweud a'i chroesi ar faterion archaeolegol. Mentrodd y brenin anghytuno â hi ynghylch un o'i hoff ddamcaniaethau hi, a dyna Miss Degwel wedyn yn mynegi barn go bigog ac angharedig am ddiffygion cymwysterau'r brenin; ac yna, â'i hwynepryd yn oeraidd-ddirmygus, fe hwyliodd hi allan o'r stydi a dirwyn y prynhawn i derfyn diflas a disymwth. Brifwyd teimladau'r brenin yn ddirfawr, a phwy all synnu? 'Dynes eithriadol o glyfar, Prosser,' meddai wrthyf – roedd e bob amser yn defnyddio f'enw bedydd *i* hefyd – 'athrylith o fenyw, Prosser, ond un beryglus i'w chroesi. Mae hi'n dal dig, rwy'n ofni.' Geiriau proffwydol iawn, os ca i ddweud."

"Fe *gewch* ddweud, Syr Prosser," meddai Syr John. "Geiriau proffwydol yn wir, o gofio'r drychineb ddigwyddodd ond ychydig fisoedd wedyn, a'r brenin yn trengi dan ddagr a dialedd Miss Degwel." Trodd Syr John at y Barnwr. "Does gen i ddim rhagor o gwestiynau i'r tyst yma, f'Arglwydd."

Edrychodd y Barnwr ar Gethin. "Amser i chi groesholi'r tyst, Mr Garmon."

"Dw i ddim am ei holi ar hyn o bryd, f'Arglwydd."

Synnwyd y Barnwr. "Dych chi ddim yn arfer gadael i dyst yr Erlyniad ddianc mor rhwydd, Mr Garmon."

"Efallai bydda i am ei holi yn nes ymlaen – gyda'ch caniatâd, f'Arglwydd.

"O'r gore." Trodd y Barnwr at Syr Prosser. "Dyna'r cyfan am y tro, Syr Prosser. Ond fel y clywsoch, mae'n bosib y bydd angen tystiolaeth bellach gennych."

"Diolch, f'Arglwydd," meddai Syr Prosser, a cherdded ag osgo brenhinol allan o'r llys.

"Nawr 'te, Mr Garmon," meddai'r Barnwr, "dyma'r amser i chi draddodi'ch araith agoriadol."

Cododd Gethin. "F'Arglwydd, Foneddigion a Boneddigese'r rheithgor. Ga i ddechrau drwy ddatgan fy nghydymdeimlad â Chwnsler yr Erlyniad. Yn y lle cynta, mae'n gorfod ymgodymu â Chyfraith Troseddau Cymru sy'n wahanol i Gyfraith Lloegr mewn sawl ffordd. Yn yr ail le, mae arferion *llysoedd* Cymru yn ddieithr iddo. Felly mae e'n gweithredu dan anfantais. Eto i gyd, mae e wedi cyflwyno'i ddadleuon a thrafod ei dystion yn fedrus dros ben, ac rwy'n ei longyfarch. Mae e wedi rhoi darlun gafaelgar iawn inni o'r diffynnydd, wedi ei ddarlunio hi fel ysgolhaig disglair, archaeolegydd ymroddedig, ac ar yr un pryd gwrthfonarchydd ag atgasedd arbennig tuag at y Brenin Rupert am iddo feiddio gwrthod un o'i hoff ddamcaniaethe hi... Mwy na hynny, yn ôl ei ddarlun e, dynes â'r ddawn i fagu a meithrin ei dicter yn dawel dros gyfnod hir, i gynllunio'i dialedd yn ofalus, ac yna, a'r foment wedi cyrraedd, i neidio'n sydyn o gors wenwynllyd ei chasineb a dwyn Nemesis erchyll i'r brenin. Drwy baentio'r darlun dramatig yna, mae Syr John wedi ceisio tanseilio a chwalu'r unig ddadl – yr unig ddadl, yn ei dyb ef – fydd ar gael i'r Amddiffyniad, sef y ddadl o Gyfrifoldeb Lleihaëdig, *Diminished Responsibility;* oherwydd mae'n gwbl amlwg i bawb ohonom fod y ddynes yn ei ddarlun yn ddynes alluog, a'i chyneddfe meddyliol bob amser yn gyflawn a di-nam, a'i holl weithrediade yn deillio o ymennydd soffistigedig, a'i theimlade dan reolaeth gadarn a chyson. A phwy all wadu hynny? Un felly *yw* Ffiona

Degwel! Mae darlun Syr John yn hollol gywir! Amhosib dychmygu dynes mor ddisglair yn dioddef o *Diminished Responsibility!* Ac o'r herwydd, dyw'r Amddiffyniad ddim yn *bwriadu* pledio'r fath beth, oblegid byddai defnyddio'r fath ddadl yn sarhad ar ymennydd llachar y diffynnydd."

Oedodd Gethin ac edrych yn ddwys ar Syr John, gan ymhyfrydu yn y cwmwl a ledai ar draws wyneb y marchog.

"Ga i ddatgan yn glir," aeth Gethin yn ei flaen, "fod Miss Degwel yn cyfaddef iddi drywanu'r brenin; dyna oedd ei bwriad; ac wrth gyflawni'r weithred, fe wyddai yn iawn faintioli ac erchylltra'r drosedd ynghyd â'r canlyniade arswydus. Ond fe'i *pryfociwyd* i weithredu. *Dyna* sail Achos yr Amddiffyniad; *dyna* yw'n ple; ac mi brofa i ichi fod natur y pryfocio mor ddychrynllyd nes cyfiawnhau yr ymateb hanesyddol ac angheuol y bu miloedd yn dystion iddo y prynhawn hwnnw o Awst. Felly fe ofynna i i chi, aelode'r rheithgor, ddychwelyd i'r llys yn y man a chyhoeddi bod Ffiona Degwel yn *ddieuog* o lofruddiaeth, ond yn hytrach yn euog o ddynladdiad, a'r dynladdiad hwnnw yn weithred gwbl resymol." Trodd Gethin at y Barnwr. "F'Arglwydd, hoffwn alw ar fy nhyst cyntaf, fy mhrif dyst, sef y diffynnydd, Miss Ffiona Degwel."

Lledodd ton o furmur disgwylgar drwy'r cyhoedd yn yr oriel, a Ffiona yn cerdded yn fywiog i'r lle priodol ac, o'i gyrraedd, yn edrych yn siriol ar Gethin.

"Miss Degwel," meddai Gethin, "does dim angen rhestru'ch cymwystere proffesiynol; maen nhw'n wybyddus i bawb; digon yw dweud eich bod chi'n awdurdod cydnabyddedig ar eich pwnc, a'ch enw da yn fyd-eang; yn gymaint felly nes i'r Brenin Rupert eich gwahodd i'r Palas i ymestyn ei ddealltwriaeth o Archaeoleg. Mae hynny'n wir?"

"Ydy."

"Beth oedd eich teimlade pan dderbynioch chi'r gwahoddiad?"

"Cymysg iawn. F'adwaith greddfol oedd gwrthod y gwahoddiad; mae fy ngelyniaeth tuag at frenhiniaeth yn wybyddus i bawb; ac yn ychwanegol at hynny, edrychwn ar Rupert fel yr enghraifft wirionaf o'i frid, diletant, dandi yn chwarae â phyncie tu hwnt i'w allu. Ond gan ei fod yn llywydd Cymdeithas Frenhinol Archaeoleg, ailfeddyliais, ac o barch i'r Gymdeithas honno, derbyniais y gwahoddiad."

"Fe aethoch i'r Palas felly. Ai dyna'r tro cyntaf ichi gwrdd â'r brenin, Miss Degwel?"

"Na. Roedden ni wedi cyfarfod ar un neu ddau achlysur archaeolegol, ond heb sgwrsio o ddifri."

"Dwedwch wrthon ni am yr ymweliad â'r Palas."

"Fe'm hebryngwyd i stafelloedd preifat y brenin gan Syr Prosser Picton, a bu'r tri ohonom wedyn yn sgwrsio am ychydig funude."

"Beth oedd agwedd Syr Prosser at y brenin?"

"Cyfoglyd o wasaidd. Pe bai'r brenin wedi gorchymyn i Syr Prosser sefyll wyneb i waered, byddai'r marchog wedi ufuddhau ar unwaith a chyda thipyn o steil, rwy'n siŵr."

Neidiodd Syr John ar ei draed. "F'Arglwydd! Rwy'n protestio! Does dim angen y sylwadau sarhaus yma am Syr Prosser; dylent gael eu dileu o'r cofnodion."

"I'r gwrthwyneb, f'Arglwydd," mynnodd Gethin. "Mae natur y berthynas rhwng Syr Prosser a'r brenin yn un o elfenne hanfodol dadl yr Amddiffyniad. Fe ddaw hynny'n amlwg i'r rheithgor yn y man."

Nodiodd y Barnwr a throi at Gwnsler yr Erlyniad. "Fe gewch gyfle yn nes ymlaen i groesholi Miss Degwel,

Syr John; ac rwy'n siŵr y manteisiwch ar y cyfle i'w chwestiynu ynghylch y sylwade sy'n eich cythruddo chi; ond wela i ddim rheswm i'w dileu o'r cofnodion. Ewch ymlaen, Mr Garmon."

"Diolch, f'Arglwydd," meddai Gethin, a throi at Ffiona. "Ewch *chi* ymlaen â'ch disgrifiad o'ch ymweliad â'r Palas, Miss Degwel."

"Fe ddaeth yr amser i'r brenin a minne fynd i mewn i'w stydi."

"Wnewch chi ddisgrifio'r stydi? Bydd hynny o fantais fawr i'r Barnwr ac i'r rheithgor, gan ei fod yn berthnasol iawn i'r achos."

"Lle rhyfedd iawn: ystafell eang, heb ffenestri, a'r unig olau yn dod o'r lampe trydan; silffoedd llyfre a chypyrdde a darlunie olew. Roedd un cornel ar ffurf alcof, neu yn hytrach gysegrfa, oblegid roedd yno gerflun o Julius Caesar, a hwnnw wedi ei oleuo'n glyfar iawn, â rhyw wawr o dduwdod o'i gwmpas yn awgrymu iddo fod yn wrthrych addoli. Roedd sawl cadair freichie o ledr moethus, a desg dderw solet; ac ar y mur gyferbyn â'r ddesg roedd darlun olew enfawr, a hwnnw, ynghyd â'r cerflun, yn hoelio fy sylw, a'm llygaid yn gwibio o'r naill i'r llall."

"Darlun o bwy, Miss Degwel?"

"Darlun o'r Brenin Rupert mewn gwisg milwr Rhufeinig, a'r iwnifform yn fanwl gywir a chyflawn: yr helmed â'i chrib, y siaced â'r stribedi metel, y gwregys, y cleddyf, y dagr, ac wrth gwrs y diwnig yn ymestyn i lawr i'r pennau gliniau, a'r pennau gliniau brenhinol yn edrych yn smala, os ca i ddweud. Fe es i draw at y darlun i'w astudio'n fanwl, a theimlais awydd cryf i chwerthin, ond llwyddais i beidio. Safai'r brenin y tu ôl imi gan ddweud, 'Darlun gafaelgar, dych chi ddim yn cytuno, Miss Degwel?', a minne'n murmur rhywbeth amwys; y ddau ohonon ni wedyn yn mynd i eistedd yn y cadeirie o bobtu'r lle tân, a minne'n ceisio meddwl sut i gynnal sgwrs ag idiot a ffansïai ei hun yn arwr carismatig Rhufeinig yn arwain lleng o filwyr i'r gad. Roedd yn gwbl amlwg fod gan y brenin ymennydd crwt ysgol adolesent."

"F'Arglwydd!" ffrwydrodd Syr John drachefn. "Mae'r sylwadau sarhaus yma am y diweddar frenin yn hollol annerbyniol!"

"Efallai, Miss Degwel," awgrymodd y Barnwr yn dyner, "y gallech leddfu rywfaint ar eich sylwade, rhag clwyfo sensitifrwydd Syr John yn ormodol?"

"Fe wna i fy ngore, f'Arglwydd," meddai Ffiona yn raslon, "ond mae'n arfer gen i gyflwyno'r gwirionedd heb ei farneisio."

Nodiodd y Barnwr ar Gethin. "Ewch ymlaen â'ch holi."

"Wel, Miss Degwel," meddai Gethin, "rych chi wedi rhoi disgrifiad byw inni o stydi'r brenin. Nawr beth am eich sgwrs ag e? Roedd e am drafod Archaeoleg, debyg iawn? Wedi'r cyfan, ei ddiddordeb yn y pwnc hwnnw oedd y tu ôl i'w wahoddiad ichi."

"Fel y dwedais i eisoes, roedd ganddo ddiddordeb diletant."

"F'Arglwydd!" Roedd Syr John ar ei draed unwaith eto. "Rwy'n methu'n lân â gweld perthnasedd y cwestiynau a'r atebion hyn. Beth sydd a wnelo'r rhain â llofruddiaeth y brenin? Mae amser y llys yn cael ei wastraffu!"

"I'r gwrthwyneb, f'Arglwydd," meddai Gethin. "Mae 'na gysylltiad cryf ac uniongyrchol rhwng marwolaeth y brenin a'r hyn ddigwyddodd yn ei stydi ym mhresenoldeb Miss Degwel."

"O'r gore," meddai'r Barnwr, a throi at Syr John. "Mae

arna i ofn y bydd yn rhaid ichi ddioddef ychydig eto, Syr John."

Aeth Gethin yn ei flaen. "Miss Degwel! A oedd gan y brenin ddiddordeb yn rhyw gangen arbennig o Archaeoleg?"

"Roedd ganddo obsesiwn am y cyfnod pan feddiannwyd Prydain gan y Rhufeiniaid; gellid casglu hynny, wrth gwrs, wrth y darlun ohono yn y stydi ac wrth y cerflun o Julius Caesar. Holai yn ddi-ben-draw am y cyfnod, a'i wyneb yn goch gan gyffro wrth imi sôn am y darganfyddiade archaeolegol diweddara am y canrifoedd hynny; a phan soniais i am yr hyn a ddarganfûm *i* wrth gloddio yn Sir Fôn y llynedd, sef cleddyf Rhufeinig mewn gwain wedi ei haddurno â llythrenne a ffigure euraid, a'r rheiny yn awgrymu i'r cleddyf fod yn eiddo i neb llai na Suetonius – pan soniais i am y darganfyddiad yna, neidiodd y brenin o'i gadair a chamu'n wyllt ar draws y stydi –"

"Suetonius?" meddai Gethin. "Pwy oedd hwnnw?" Gwyddai ef yn iawn pwy oedd y gŵr, ond fe wnâi les i'r rheithgor gael y manylion.

"Suetonius Paulinus," meddai Ffiona. "Rheolwr Rhufeinig Prydain yn ystod gwrthryfel Buddug. Fe chwalodd Suetonius y gwrthryfel hwnnw mewn modd yr un mor ffyrnig a mileinig ag a ddefnyddiodd i chwalu'r Derwyddon ym Môn. Roedd yn amlwg i mi fod Suetonius yn arwr i'r Brenin Rupert, a'r brenin bron o'i gof gan gyffro o feddwl bod y cleddyf unigryw yn fy meddiant. Wedi iddo gamu sawl gwaith ar draws y stydi, gofynnodd a hoffwn i wydraid o win. Aeth at gwpwrdd ac ymbalfalu yno am ychydig, ac yna dychwelodd â'r gwydrau llawn; rhoi un ohonynt i mi ac yna plygu trosof a chlincian ei wydr yn erbyn fy ngwydr i gan furmur, 'Iechyd da i ysbryd

Suetonius!' O gwrteisi yn unig, oblegid roedd gen i gyn lleied o flas ar filwyr Rhufeinig ag a oedd gen i ar yfed gwin yn y prynhawn – o gwrteisi, fe yfais y gwin; ac wedi yfed hanner gwydraid, sylweddolais imi wneud cam-gymeriad arswydus."

"Camgymeriad arswydus, Miss Degwel?"

"Ie. Roedd y brenin wedi rhoi cyffur yn y gwin."

Ffrwydrodd y llys mewn rhyfeddod; y rheithgor, y swyddogion, y cyhoedd – pawb heb eithriad yn sgwrsio'n wyllt, a'u hwynebau yn ddisglair gan syndod. Syllodd Gethin ar yr olygfa a theimlo'r gorfoledd a ddaw i dwrnai sy'n medru cynllunio'r fath ddrama ac sy'n paratoi i uchafbwynt gwefreiddiol arall ddigwydd o fewn y munudau nesaf. Ymhyfrydodd yn y cwnnwrf, a syllu ar y Barnwr; gallai dyngu iddo weld gwên yn gwibio ar draws wyneb Arglwydd Brif Ustus Cymru. Fodd bynnag, braidd yn hwyrfrydig oedd y Barnwr i ddwyn y twrw i'w derfyn, ond o'r diwedd gafaelodd yn ei forthwyl a'i ddefnyddio'n rymus, a theyrnasai distawrwydd drachefn.

Roedd Syr John Lloyd-Fortescue yn awr ar ei draed a mynegfys ei law dde yn trywanu'r awyr o'i gwmpas. "F'Arglwydd! Rwy'n protestio yn y modd cryfa posib! *Fedrwch* chi ddim caniatáu i'r diffynnydd wneud y fath gyhuddiadau ysgeler a ffiaidd yn erbyn y diweddar frenin! *Fedrwch* chi ddim! Mae'n *rhaid* eu dileu o'r cofnodion!"

"Oeddech *chi* yn stydi'r brenin pan yfodd Miss Degwel y gwin, Syr John?" holodd y Barnwr.

"Nac oeddwn, ond –"

"Felly doeddech chi ddim mewn sefyllfa i sylwi ar effaith y gwin ar y diffynnydd?"

"Nac oeddwn, ond –"

"Eisteddwch, Syr John. Mater i'r rheithgor fydd asesu

gwerth a hygrededd tystiolaeth Miss Degwel. Ac fel y dwedais eisoes, fe gewch gyfle yn y man i groesholi Miss Degwel."

Suddodd Syr John i'w sedd.

Edrychodd Gethin yn serchus ar Ffiona. "Mae sylw'r rheithgor wedi ei hoelio gan y troad rhyfedd yma yn eich stori, Miss Degwel. Sut gwyddoch chi fod y gwin wedi ei ddrygio?"

"Roeddwn i'n berson holliach; ac eto, o fewn eiliade imi yfed y gwin, cefais fy hun yn llithro i stad ryfedd: roeddwn i'n dal i fod yn ymwybodol, yn sylwi ar bopeth a ddigwyddai o'm cwmpas, ac yn clywed popeth. Ac eto roeddwn yn gwbl ddiymadferth, yn methu symud unrhyw aelod o'm corff, ac o ganlyniad yn gwbl analluog i wrthsefyll unrhyw ymosodiad arna i."

"Ddwedoch chi rywbeth wrth y brenin?"

"Roedd fy nhafod bron mor ddiymadferth â'r aelode eraill; clywais fy hun yn yngan seinie cyntefig a diystyr."

"A beth oedd adwaith y brenin?"

"Gwenu."

"Gwenu? Ni ddangosai unrhyw gonsýrn?"

"I'r gwrthwyneb. Rhwbiai ei ddwylo yn llawen, a phwy all synnu, ac yntau'n gweld ei gynllun yn gweithio'n berffaith."

"Cynllun? Pa gynllun, Miss Degwel?"

"Am yr hanner awr nesa, fi oedd *tegan* y brenin, tegan delfrydol, yn ymwybodol a hyblyg a meddal a chynnes, ac yn gwbl analluog i'w wrthsefyll. Ac fe fanteisiodd ar fy nghyflwr."

Dyma Syr John yn rhoi cynnig arall arni. "F'Arglwydd, rwy'n *erfyn* arnoch chi i roi stop ar y gybolfa gelwyddog yma! Mae'r diffynnydd yn gwau storïau arswydus, yn hyrddio cyhuddiadau amhosib eu profi, gyda'r bwriad o barddu enw da brenin di-nam. Be wna gweddill Prydain o gyfundrefn gyfreithiol sy'n caniatáu'r fath *barodi* o Gyfiawnder? Rwy'n *ymbil* arnoch, f'Arglwydd!"

"Rwy'n gwerthfawrogi'ch consýrn chi am enw da cyfundrefn gyfreithiol Cymru, Syr John," meddai'r Barnwr. "Ond os yw tystiolaeth y diffynnydd yn gelwyddog, fe gewch gan ein cyfundrefn gyfle i wrthbrofi'r dystiolaeth. Wrth gwrs, os yw'r dystiolaeth yn wir, bydd hynny'n galluogi'r rheithgor i edrych o'r newydd ar Miss Degwel ac yn taflu golau defnyddiol iawn ar ei stad feddyliol yn y misoedd yn arwain at y Brifwyl. Bydd hynny yn berthnasol iawn i'r achos."

"F'Arglwydd," meddai Syr John, "ai'r stori yma, y *ffantasi* yma, yw holl sail ple'r Amddiffyniad fod Miss Degwel wedi ei phryfocio?"

"Os felly, Syr John, rwy'n siŵr y gwnewch chi drefnu a rhencio'ch lluoedd i ymosod ar eu safle. Ond bydd cyfundrefn Cymru yn ymdeithio ymlaen yn ddiysgog at y gwirionedd." Edrychodd y Barnwr ar Gethin. "Parhewch i holi'r tyst, Mr Garmon."

"Diolch, f'Arglwydd. Rwy'n falch i gadarnhau bod ein ple o Bryfocio *wedi* ei seilio ar yr adroddiad a gafwyd gan Miss Degwel o'i phrofiade yn stydi'r brenin; a hyd yn hyn, dim ond hanner y stori a gafwyd. Mae'r hanner arall i ddod, a'r hanner hwnnw yn mynd i effeithio'n arw ar ddyfodol brenhiniaeth Lloegr. Miss Degwel, fe gyrhaedd-och y rhan honno o'ch stori lle cawsoch eich hun yn degan diymadferth i'r brenin. Be ddigwyddodd wedyn?"

"Fe ddiflannodd y brenin drwy ddrws bychan, ac yna ailymddangos wedi ei wisgo'n union fel yr oedd yn y darlun ar y mur, mewn iwnifform filwrol Rufeinig. Safai o'm blaen, yn gwenu'n wirion ac yn bodio carn ei ddagr."

"Ddwedodd e rywbeth?"

"O do! Plygodd trosof – roeddwn i'n dal i eistedd yn fy nghadair – plygodd trosof a murmur, 'Mae'n amser i goncwest Rufeinig arall, Miss Degwel, dych chi ddim yn meddwl? Amser i Fuddug fodern ildio i'r Suetonius diweddara!' " Oedodd Ffiona.

"Ie? Ewch ymlaen, Miss Degwel," meddai Gethin, yn ymwybodol o'r distawrwydd yn y llys.

"Wel," meddai Ffiona, "gafaelodd y brenin ynof a'm tynnu o'r gadair ac i lawr ar y carped, ac yna, wedi cyflawni rhyw fân dactege rhywiol-adolesent, fe'm treisiodd yn drwyadl ac yn ddidrugaredd."

Ffrwydrad enfawr o syndod drachefn yn y llys, a'r Barnwr yn cael trafferth i reoli'r sefyllfa ond yn llwyddo o'r diwedd.

"A chithe'n gwbl analluog i'ch amddiffyn eich hunan, Miss Degwel?" meddai Gethin.

"Cwbl analluog."

"Beth ddigwyddodd wedi'r ymosodiad?"

"Diflannodd y brenin unwaith eto ac ymddangos drachefn yn ei ddillad arferol. Yna fe'm cododd a'm gosod yn ôl yn fy nghadair ac eistedd gyferbyn â mi a gwenu'n hunanfodlon tan i effeithie'r cyffur leihau. Wrth sylwi arna i yn adennill fy nghyneddfe, dwedodd, 'Peidiwch â thrafferthu colli'ch tymer, Miss Degwel! Fydd neb yn credu'ch stori chi! Chlywodd neb unrhyw floeddio gennych, unrhyw brotestio, unrhyw sgrechfeydd! Rych chi'n ymddangos yn awr yr un mor daclus a graenus ag yr oeddech pan gyrhaeddoch y Palas.' "

"Golloch chi'ch tymer, Miss Degwel?"

"Do! Boddais y brenin mewn dilyw o'r geirie mwya

tymhestlog erioed i ruo ym Mhalas Buckingham; ond wedi'r dilyw, roedd y brenin yn dal i wenu, a minne'n gorfod cydnabod cryfder ei ddadl. Byddai fy stori *yn* anghredadwy; fe'm treisiwyd gan ddemon tu hwnt i afael cyfiawnder. Mae Syr Prosser Picton wedi gwau stori fach neis i esbonio fy nicter wrth imi ymadael â'r Palas, sef bod fy nicter yn deillio o anghytundeb rhyngof fi a'r brenin ynglŷn â rhyw fater archaeolegol. Ond synnwn i fawr nad yw Syr Prosser yn gwybod y gwirionedd am drosedd ei ddiweddar feistr y prynhawn hwnnw; wedi'r cyfan, os oedd e mor agos at y brenin ag y mae'n honni, doedd 'na ddim cyfrinache rhyngddynt. Yn wir, efallai y gwyddai Syr Prosser cyn imi fynd i mewn i'r stydi beth oedd ar fin digwydd imi."

"Mae hyn yn warthus!" bloeddiodd Syr John. "F'Arglwydd, rwy'n protestio!"

"Mae *gennych* bwynt, Syr John," meddai'r Barnwr. "Miss Degwel, rhaid ichi ymatal rhag dyfalu ynghylch cynnwys ymennydd Syr Prosser y prynhawn hwnnw. Wedi'r cyfan, roddodd e ddim arwydd ei fod e'n gwybod am yr hyn ddigwyddodd i chi yn y stydi, do fe?"

"Na, f'Arglwydd. Rwy'n ymddiheuro. Ond fe'm cythruddwyd foment yn ôl wrth gofio am ei ymddygiad snobyddlyd a nawddoglyd pan hebryngodd fi allan o'r Palas."

Ymddangosai Syr John fel pa bai ar fin neidio drachefn, ond cafodd y Barnwr y blaen arno. "Ewch ymlaen â'ch holi, Mr Garmon."

"Miss Degwel," meddai Gethin, "rych chi wedi dod â ni at glwydi'r Palas. Dw i ddim yn mynd i'ch gorfodi chi i ddisgrifio'r terfysg mewnol a ddioddefoch ar eich ffordd adre, a'r ing seicolegol ac ysbrydol a'ch llethodd yn yr wythnose canlynol. Ond rwy am ichi ddwyn i gof achlysur tyngedfennol ryw chwe wythnos ar ôl eich ymweliad â'r Palas. Roedd gennych chi drefniad pwysig y bore hwnnw?"

"Oedd."

"Gyda phwy?"

"Gyda'r meddyg."

"Fe aethoch i'r feddygfa?"

"Do."

"Pam?"

"I gael canlyniade profion."

"A beth *oedd* y canlyniade?"

"Cadarnhaol."

"Wnewch chi esbonio i'r llys arwyddocâd y canlyniade hynny?"

Edrychodd Ffiona ar Syr John, ac ar y Barnwr, ac ar y cyhoedd yn yr oriel, ac yna ar y rheithgor. Yn araf, gan fesur ei geiriau a llefaru yn ddwys a gofalus, dywedodd, "O ganlyniad i ymosodiad ffiaidd y brenin arna i yn ei stydi, roeddwn i'n feichiog."

Roedd bron yn amhosib i'r Barnwr reoli'r twrw a'r anhrefn yn y llys, a Gethin yn gwenu'n dawel ar yr olygfa. Pa ddrama lwyfan fedrai gymharu â'r campwaith hwn?

Defnyddiodd y Barnwr ei forthwyl drachefn a thrachefn, ond ofer y bu ei ymdrechion tan i'r cyhoedd ddistewi o'i gwirfodd. "Diar mi!" meddai'r Barnwr, â'i lygaid ar yr oriel. "Bihafiwch eich hunain neu mi fydd yn rhaid ichi ffarwelio â'r llys. Dw i ddim am golli'ch cwmni chi; rwy'n mwynhau eich presenoldeb – ond ichi beidio â cholli'ch penne. Nawr 'te, ymlaen â'r achos."

Ond roedd Syr John ar ei draed. "F'Arglwydd, mae'n *rhaid* ichi atal y diffynnydd rhag gwneud yr honiadau dychrynllyd yma! Maen nhw'n gwneud ffars o'r holl achos!"

"I'r gwrthwyneb, Syr John," meddai'r Barnwr. "Maen nhw'n dwyn elfen ddifrifol iawn i mewn i'n hystyriaethe. Os gellir profi mai'r brenin yw'r tad – *oedd* y tad –"

"A'r brenin yn ei fedd, f'Arglwydd," meddai Syr John, "mae hynny'n amhosib."

"F'Arglwydd," meddai Gethin, "fe gyflwynir gan ail dyst yr Amddiffyniad dystiolaeth ddiymwad mai'r Brenin Rupert oedd y tad."

"Amhosib!" oedd cri Syr John.

"Mae gennym reithgor doeth iawn, Syr John," meddai'r Barnwr. "Fe wnawn *nhw* asesu'r dystiolaeth a dod i'r casgliad cywir. Ewch ymlaen, Mr Garmon."

"Diolch, f'Arglwydd. Nawr 'te, Miss Degwel, rwy'n siŵr na chaiff y rheithgor unrhyw drafferth i ddychmygu'ch stad feddyliol wrth ichi dderbyn canlyniade'r profion; ond mi fydd o help iddyn nhw gael eich disgrifiad *chi* o'ch teimlade ar y pryd."

"Teimlade o ddicter ac atgasedd a ffieidd-dra; dicter o feddwl am y driniaeth a gefais gan yr anghenfil Rupert, a ffieidd-dra o wybod mod i'n cario'i blentyn. Dychwelais adre mewn stad o derfysg meddyliol."

"A phan gyrhaeddoch adre, roedd 'na rywbeth yn eich disgwyl? Rhywbeth a ddygodd eich meddwl am ysbaid oddi ar y profiad yn y Palas?"

"Oedd. Llythyr gan awdurdode'r Eisteddfod yn dweud mod i wedi ennill y Gadair; moment orfoleddus; ac yna, yng nghanol y gorfoledd, eginodd syniad godidog yn f'ymennydd, syniad o ysblander tywyll."

"Ymlaen â'ch stori, Miss Degwel!"

"Tybiais fod Rhagluniaeth wedi dwyn y brenin i'm gafael, a chynnig cyfle ardderchog imi ddial arno. Gwyddwn am drefniade'r Seremoni Gadeirio; byddai

Rupert yn eistedd yn agos ata i ar y llwyfan, o fewn cyrraedd Cyfiawnder! Ac o sylweddoli'r cyfle, o'r foment honno fe reolais fy nicter a'i ddisgyblu a'i sianelu at yr eiliade hanesyddol hynny pan ganiateid iddo ffrwydro a fflachio yn wyneb y brenin."

"Mewn geirie eraill," meddai Gethin, "roedd llofruddio'r brenin yn adwaith hwyr i'r pryfocio ffiaidd a gawsoch ganddo yn y Palas?"

"Yn gwmws."

"Gan fod Cwnsler yr Erlyniad wedi ei drwytho yng Nghyfraith Lloegr," meddai Gethin, "rwy'n siŵr y gwnaiff e ddadlau bod y llofruddiaeth wedi digwydd yn llawer rhy hwyr ar ôl eich profiad yn y Palas ichi fedru pledio Pryfocio yn amddiffyniad. Pe bydden ni yng Nghymru yn rhwym i gyfraith Lloegr – dydyn ni ddim, wrth gwrs – ond pe *bydden* ni, beth fyddai eich ateb?"

"Ni phallodd y pryfocio; fe'i hadnewyddid o ddydd i ddydd yn fy nghof; ac wedi imi gael canlyniade'r profion, fe ddihunwn bob bore i'r wybodaeth arswydus fod plentyn yr anghenfil yn fy nghroth; bob eiliad o bob dydd a phob nos, fe'm poenydid gan yr hunllef honno. Ymestynnodd y pryfocio felly ymhell tu draw a thu hwnt i'w gychwyniad; roedd yn barhaol ac yn ddi-dor ac yn gyson-bresennol, hyd at y foment pan wthiais y dagr yn ddwfn i'r galon ddrewllyd."

"Rych chi'n gosod y mater yn glir ac yn effeithiol iawn, Miss Degwel."

"Diolch."

"Ydych chi'n *dal* i gario'r plentyn yn eich croth?"

"Ydw."

"Pam? A chithe'n ei gasáu, pam na wnewch chi ei erthylu?"

"Dyna oedd fy mwriad gwreiddiol; yn wir, fe drefnais imi fynd i glinig i gael yr erthyliad; ond wedyn fe ailfeddyliais."

"O?"

"Gwyddwn y cawn fy nwyn gerbron llys ar gyhuddiad o lofruddio, ac fe ddechreuais fwynhau'r syniad o sefyll yn y llys a mab y diweddar frenin yn fy nghroth – *mab*, oblegid gwrywaidd yw'r ffetws. Ac yn awr fe gyfyd cwestiwn diddorol iawn, sef – Sut gall Syr John Lloyd-Fortescue ddymuno llwyddiant i'w achos, os yw hynny'n golygu gosod marc Cain ar dalcen mam frenhines Lloegr? – oblegid dyna fydd fy statws *i* pan fydd y Frenhines Matilda wedi ei galw i'w gwobr, a'r plentyn yma –" Mwythodd Ffiona ei bol – "a'r plentyn yma yn eistedd ar orsedd Lloegr?"

"Sut yn wir?" meddai Gethin, a throi at y Barnwr. "Does gen i ddim rhagor o gwestiyne i'r tyst yma, f'Arglwydd."

Trodd y Barnwr at Syr John. "Debyg iawn eich bod chi'n eiddgar i groesholi'r diffynnydd, Syr John?"

Yn betrusgar, cododd Syr John. "F'Arglwydd, hoffwn ofyn ichi ohirio'r gweithgareddau tan yfory. Mae cynifer o honiadau gwarthus wedi'u gwneud gan yr Amddiffyniad... Mae'n hollbwysig imi gael amser i grynhoi tystiolaeth a fydd yn dryllio'r honiadau yn deilchion."

Nodiodd y Barnwr. "O'r gore. Tan yfory felly."

Pennod 10

Yn y Llys – yr Ail Ddiwrnod

EDRYCHODD GETHIN dros ei ysgwydd ar y dorf yn yr oriel. "Cynulleidfa dda eto, Ffiona!"

"Wrth gwrs!"

"Wyt ti wedi gweld y papure newydd y bore 'ma?"

Siglodd Ffiona ei phen. "Rwy wedi bod yn rhy brysur yn astudio'r cynllunie i ailgodi'r Ganolfan Archaeoleg. Bydd yr adeilad newydd yn fendigedig."

Taenodd Gethin dudalen flaen y *Daily Telegraph* ar y ford, â'r penawdau yn neidio ohoni:

PALACE OFFICIAL OUTRAGED BY WELSH TRIAL
SCURRILOUS ALLEGATIONS AGAINST LATE KING

Yna agorodd Gethin y *Daily Post*, a'r papur hwnnw yn bloeddio:

CELTIC MUD THROWN AT ENGLISH THRONE

Roedd y *Daily Mirror* yn fwy dramatig eto:

A KING OF ENGLAND IN WILD WELSH WOMB?

A'r *Sun* yn rhuo:

DO WE WANT A MURDERESS AS QUEEN MOTHER?

"Diar mi!" meddai Ffiona. "Maen nhw *wedi* cael eu hypsetio!"

"Dyw Syr John ddim yn edrych yn rhy hapus chwaith. Clywais iddo dreulio neithiwr yn ffonio aelode'r Teulu Brenhinol. A! Dyma fy hoff Farnwr!"

Pawb yn codi, ac yna yn eistedd drachefn.

Cliriodd y Barnwr ei wddf. "Aelode'r rheithgor! Gosodwyd llawer o dystiolaeth syfrdanol ger eich bron ddoe, a synnwn i fawr na chewch chi ragor o dystiolaeth debyg heddiw; ond rwy'n ffyddiog y gwnewch chi ymateb yn fwy synhwyrol nag y gwnaeth rhai o'r cyfrynge. Roedd adwaith papure newydd Llundain y bore 'ma yn enghraifft berffaith o hysteria jingoistaidd. Gobeithiwn am fwy o synnwyr cyffredin ar eu rhan nhw o hyn ymlaen. Nawr 'te, fe gychwynnwn yn yr union fan lle gadawyd pethe ddoe. Syr John! Ydych chi'n barod nawr i groesholi'r diffynnydd?"

Cododd Syr John. "F'Arglwydd, deallaf mai arbenigwr ar ddadansoddi gwaed fydd ail dyst yr Amddiffyniad. A ganiatewch imi ohirio croesholi'r diffynnydd tan i'r llys glywed tystiolaeth yr arbenigwr hwnnw?"

Edrychodd y Barnwr ar Gethin. "Oes gennych chi unrhyw wrthwynebiad, Mr Garmon?"

"Dim o gwbl, f'Arglwydd."

"O'r gore. Dewch inni gael tystiolaeth Dr Humphreys felly."

Yn y man hebryngwyd Dr Humphreys i'r llys: dyn byr, rownd, penfoel, serchus, yn ymddangos yn hollol gyffyrddus wrth iddo gymryd ei le ac edrych o'i gwmpas.

"Dr Cellan Humphreys," meddai'r Barnwr, "yw Pennaeth yr Institiwt Dadansoddi Gwaed yng Ngenefa, ac enillydd Gwobr Nobel am ei waith ar –" Edrychodd y

Barnwr ar ei nodiadau, "am ei waith ar *Granulocytes and Monocytes*, dau o'r gwahanol fathau o gelloedd gwyn y gwaed. Gobeithio na wnewch chi ein dallu â gwyddoniaeth, Dr Humphreys."

"O, dyw gwyddoniaeth ddim yn dallu, f'Arglwydd, ond yn hytrach yn goleuo a datguddio."

"Ond mae rhai datguddiade'n dallu!"

"Yn dallu clerigwyr yn unig, f'Arglwydd!"

Gwenodd y Barnwr a throi at Gethin. "Mae gennych dyst peryglus, Mr Garmon. Ewch ati!"

Cododd Gethin. "Dr Humphreys! Wnewch chi ddweud wrth y llys pam a sut y daethoch chi i fod yma heddiw?"

"Bythefnos yn ôl, ar eich cais chi, Mr Garmon, fe archwiliais ddau sbesimen gwaed a gludwyd ataf yng Ngenefa gan *gourier* arbennig. Gwaed y Brenin Rupert oedd y sbesimen cynta, gwaed sych wedi ei dynnu o'r crys a wisgid gan y brenin ddydd y Cadeirio. Tynnwyd yr ail sbesimen o'r ffetws sydd yng nghroth Miss Degwel."

"Doedd y ffaith i'r sbesimen cynta fod yn waed sych a chymharol hen ddim yn rhwystr i chi?"

"Dim o gwbl. Mi wnes i brofion biocemegol manwl a soffistigedig arno, ac ar yr ail sbesimen hefyd, gan ddefnyddio technegau wedi eu cynllunio a'u perffeithio gennyf i yn bersonol at bwrpas penodol."

"A beth oedd y pwrpas hwnnw?"

"I brofi – neu wrthbrofi – honiade ynghylch tadolaeth."

"Ydy'r profion yn ddibynadwy?"

"Hollol ddibynadwy. Fe'u cydnabyddir gan awdurdode meddygol ledled y byd. Mae nodweddion arbennig rhai celloedd gwaed y tad i'w gweld yng nghelloedd gwaed ei blentyn, ac nid yng nghelloedd gwaed neb arall *ond* ei blentyn."

"A beth oedd canlyniad eich profion ar y ddau sbesimen?"

"Mae'r ffetws sydd yng nghroth Miss Degwel yn blentyn i'r diweddar frenin Rupert y Cyntaf."

"Ydych chi'n hollol siŵr?"

"Does 'na ddim posibilrwydd o gamgymeriad. Cadarnhawyd y canlyniade gan fy nghyfeillion proffesiyn-ol yng Ngenefa a chan arbenigwyr blaenllaw eraill a oedd yng Ngenefa ar y pryd mewn cynhadledd wyddonol. Maent hwythe hefyd wedi gosod eu llofnodion ar fy adroddiad."

"Beth yw rhyw'r plentyn?"

"Gwryw."

Edrychodd Gethin ar y Barnwr. "Does gen i ddim rhagor o gwestiyne i'r tyst yma, f'Arglwydd."

"Syr John?" meddai'r Barnwr.

Cododd hwnnw. "Dr Humphreys," meddai, "ydych chi'n siŵr fod y ddau sbesimen yn ddilys?"

"Yn ddilys?"

"Eu bod nhw wedi tarddu o'r diffynnydd ac o'r Brenin Rupert."

Neidiodd Gethin ar ei draed. "Ydy Syr John yn awgrymu bod yr Amddiffyniad yn ceisio twyllo'r llys yma? Mod i'n barod i chwarae tric brwnt ac annheilwng? Mod i'n euog o anfon samplau ffug i Dr Humphreys, un o wyddonwyr amlyca'r byd? Rhag eich cywilydd chi, Syr John! Cadarnhawyd dilysrwydd y ddau sbesimen gan awdurdode meddygol a chyfreithiol y wlad hon, a'r ddau sbesimen wedyn yn cael eu selio'n ofalus a'u cludo yn uniongyrchol at Dr Humphreys gan un o swyddogion swyddfa'r Prif Ynad. Rwy'n meddwl y dylai Syr John ymddiheuro."

Cochodd Syr John at wreiddiau ei wallt. "Doeddwn i

ond yn ceisio sefydlu dilysrwydd –"

"Roeddech chi'n amau fy ngonestrwydd, Syr John!" Mawr oedd mwynhad Gethin. "Yn ceisio tanseilio fy ngeirwiredd a niweidio fy enw da yn y cylchoedd cyfreithiol!"

"A barnu wrth liw ei wyneb," meddai'r Barnwr, "rwy'n siŵr fod Syr John yn sylweddoli bod ei eirie yn agored i ddehongliad anffodus, a'i fod e'n wir flin am hynny. Rwy'n siŵr hefyd ei fod e'n derbyn ac yn cydnabod dilysrwydd y ddwy sampl waed. Ydw i'n iawn, Syr John?"

"Yn hollol gywir, f'Arglwydd," meddai hwnnw yn dawel reit.

"O'r gore. Ewch ymlaen â'ch croesholi."

"Rwy wedi gorffen â'r tyst yma, f'Arglwydd."

Trodd y Barnwr at y tyst. "Diolch, Dr Humphreys, am ddod yr holl ffordd o Genefa ac am eich tystiolaeth."

"Cyn imi fynd, f'Arglwydd," meddai Dr Humphreys, "tybed a fedrwch chi ddweud a yw'r llys am imi ddychwelyd y sbesimen arbennig yma?" Ymbalfalodd yn ei boced, a thynnu ffiol fechan allan a'i dal i fyny. "Gwaed y diweddar frenin Rupert y Cyntaf yw'r sediment tywyll yn y ffiol yma."

Plygodd pawb ymlaen i gael gwell golwg o'r gwaed sanctaidd.

"Synnwn i fawr," meddai'r Barnwr, "na ddaw hwnna'n wrthrych addoli i filoedd o bererinion o feddylfryd anaeddfed; ond am y tro, fe'i cedwir yng ngofal y llys. A fyddech cystal â'i roi i un o swyddogion y llys, Dr Humphreys? Diolch eto."

A'i gamau'n sionc, ffarweliodd Dr Humphreys â'r llys.

Edrychodd y Barnwr ar Syr John. "Tybed a hoffech chi groesholi'r diffynnydd nawr?"

"Os gwelwch yn dda, f'Arglwydd."

Camodd Ffiona yn llawen i'r lle priodol.

"Miss Degwel," meddai Syr John a'i lais yn annaturiol o lyfn, "rwy'n ymddiheuro am fod mor hwyr yn eich croesholi."

"Popeth yn iawn, Syr John."

"Gan gofio'ch cyflwr corfforol, hoffech chi eistedd tra byddwch yn ateb fy nghwestiynau?"

"Gwell gen i sefyll, ond diolch am y cynnig."

"Rhowch wybod ar unwaith os byddwch am eistedd."

"Diolch."

"Nawr 'te, Miss Degwel; yn y llys ddoe, fe baentioch chi ddarlun arswydus o'r diweddar frenin."

"Do."

"Yn ôl eich stori, fe gawsoch eich drygio ac yna eich treisio gan y brenin."

"Do."

"Ac eto, wedi'r driniaeth arswydus yma, wnaethoch chi ddim sôn am y peth wrth swyddogion a gweision y Palas. Tystiodd Syr Prosser Picton ichi ymddangos yn ddig iawn, ond fe wrthodoch chi roi unrhyw esboniad iddo. Ar ôl profiad mor ddychrynllyd, mae'n fater o syndod i mi – ac i bawb yn y llys, rwy'n siŵr – na ddwedsoch chi'r un gair am y peth wrth weision y Palas, dim hyd yn oed wrth y menywod oedd yn gwasanaethu yno."

"Ofer fyddai unrhyw achwyniad gen i. Fydden nhw ddim wedi 'nghredu i; a hyd yn oed pe bydden nhw wedi 'nghredu i, byddai eu tafode yn fud… Cadw eu swyddi yn y Palas yn bwysicach nag amddiffyn iawndere unrhyw Gymraes."

"Tybed nad ych chi wedi troi'r ffeithiau wyneb i waered, Miss Degwel?"

"Dw i ddim yn eich deall chi."

"Tybed ai'r *brenin* gafodd ei ddenu a'i ddal a'i swyno a'i drechu a'i dreisio gan archaeolegydd anllad a chyfrwys?"

Roedd Gethin ar ei draed. "F'Arglwydd, mae Syr John wedi gwneud ymosodiad cwbl afresymol ar gymeriad y diffynnydd."

"Dewch nawr, Mr Garmon," meddai'r Barnwr. "Mae hawl ganddo wau stori o amgylch y ffeithie gwybyddus; os yw'r stori'n gwbl annhebygol, bydd y rheithgor yn siŵr o weld hynny; ac wrth gwrs, fe gewch gyfle i ddylanwadu ar y rheithgor a'u harwain at y gwirionedd. A synnwn i fawr nad oes gan Miss Degwel ei hun sylwade go finiog i'w cynnig ar ddamcaniaeth Syr John. Ewch ymlaen, Syr John."

Wedi ei blesio'n fawr gan sylwadau'r Barnwr, gwenodd Syr John ar Ffiona. "Fel y dywedais i, Miss Degwel, onid yw'n bosib mai *chi* ddenodd y brenin i'ch breichiau a'i goncro'n dyner ond yn drwyadl, ac yna, wrth adael y stydi, gymryd arnoch eich bod yn ddig er mwyn cuddio'ch gorfoledd? Wedi'r cyfan, rych chi wedi dweud wrth y llys eich bod chi wedi edrych ymlaen at y profiad o sefyll ger ein bron yn feichiog, â phlentyn y brenin yn eich croth."

Fflachiodd llygaid Ffiona yn beryglus. "Pe bai arna i *angen* denu dynion i'm breichie, Syr John, mi ddewiswn rywun mwy teilwng a mwy deniadol nag idiot boliog a seimllyd a chanddo'r pennau gliniau mwya gwirion a welais yn fy mywyd. Ac ynglŷn â'm pleser o 'nghael fy hun yn feichiog wrth imi ymddangos gerbron y llys, wel, mae'n wir imi fwynhau'r syniad o daflu Lloegr i benbleth, ond doeddwn i ddim wedi rhag-weld hynny pan ymosodwyd arna i gan y bwystfil yn y Palas. Mater o wneud y gore o'r gwaetha yw'r mwynhad hwnnw. Rwy'n ymwybodol o fod yn Gelt ac yn eithriadol falch o'm tras; byddai'n gwbl amhosib imi o'm gwirfodd ganiatáu i Sais bach aflan a choronog feddiannu fy nghorff. Mae'r ffaith ichi awgrymu'r fath beth yn profi'ch anwybodaeth ddybryd o'm cymeriad, Syr John. Mae'r awgrym yn deillio o dwptra anfaddeuol. Dylech fod wedi paratoi eich dadleuon yn fwy gofalus o lawer."

Dryswyd Syr John. Wedi ei drwytho yn arferion a defodau llysoedd Lloegr, edrychai'n anghyffyrddus tu hwnt yn awr yn wyneb gwrthymosodiad grymus ar ei gymeriad gan y diffynnydd. Tynnodd hances o'i boced a sychu ei dalcen. Yna syllodd ar y Barnwr. "Gyda'ch caniatâd, f'Arglwydd, fe hoffwn i'r diffynnydd gael gweld y dagr nawr."

Nodiodd y Barnwr ar un o'r swyddogion, a hwnnw'n codi casyn o'r ford o'i flaen, ei agor a datgelu'r dagr, ac yna yn cario'r casyn agored draw at Ffiona a'i ddal i fyny.

"Nawr 'te, Miss Degwel," meddai Syr John, "ydych chi wedi gweld y dagr yma o'r blaen?"

"Does dim angen gwastraffu amser y llys, Syr John," meddai'r Barnwr. "Cystal imi ddweud ar unwaith mai dyma'r dagr a ddefnyddiwyd gan Miss Degwel i drywanu'r brenin."

"Diolch, f'Arglwydd," meddai Syr John yn anniddig. "Miss Degwel, wnewch chi afael yn y dagr?"

Cydiodd Ffiona yn y dagr a'i godi o'r casyn.

"Hoffech chi ddatgelu hanes y dagr yma, Miss Degwel?" meddai Syr John. "Mae'n debyg ichi ddweud wrth y Prif Ynad i'r dagr fod yn eich teulu am ganrifoedd."

"Defnyddiais y gair 'teulu' yn ei ystyr ethnig. Perthynai'r dagr i'r hen Geltiaid, sef fy nheulu i. Fe'i canfûm wrth gloddio mewn safle archaeolegol. Mae'r dagr yn ddwy fil o flynyddoedd oed, a'r crefftwaith ar y carn yn profi iddo fod yn eiddo i uchelwr neu dywysog."

"A ie! Y carn! Fe hoeliodd hwnnw fy sylw wrth imi archwilio'r dagr. Er gwybodaeth i'r rheithgor, Miss Degwel, wnewch chi ddisgrifio'r carn?"

"Â phleser. Mae'r carn ar ffurf cerflun o Taranis, Duw'r taranau, a'r crefftwaith yn wirioneddol odidog." Daliodd Ffiona y dagr i fyny. "Sylwch ar y llygaid, Syr John. Welsoch chi erioed edrychiad mor stormus a phwerus?"

"*Fi* sydd i ofyn y cwestiynau, Miss Degwel, os nad oes ots gennych."

"Dim o gwbl, Syr John! Ewch ymlaen!"

"Mae hwn yn arf ysgeler, Miss Degwel, fyddech chi ddim yn cytuno? Mae 'na rywbeth sinistr yn y carn."

"Ysblennydd o sinistr! Beth am ddangos y dagr i'r rheithgor?"

"Miss Degwel, does dim angen gwersi arna i ar sut i wneud fy ngwaith. Roeddwn i *yn* bwriadu i'r rheithgor gael golwg ar y dagr."

"Da iawn," meddai Ffiona, a dychwelyd y dagr i'r casyn a nodio ar y swyddog; hwnnw wedyn yn cario'r casyn agored draw at y rheithgor ac arddangos y dagr iddynt.

"Edrychwch yn fanwl arno, aelodau'r rheithgor," meddai Syr John. "Gan gofio am ei hanes tywyll a'i ffurf sinistr, hawdd casglu mai dim ond person o gymeriad cryf iawn a fedrai gydio ynddo, heb sôn am ei ddefnyddio."

Wedi rhoi cyfle i holl aelodau'r rheithgor weld y dagr, caeodd y swyddog y casyn a'i ddychwelyd yn barchus i'w le ymysg y dangosbethau.

"Miss Degwel!" meddai Syr John. "Mae'n amlwg eich bod chi yn berson o'r math yna; yn berson o gymeriad grymus ac ewyllys gadarn a diwyro. Ond ga i ofyn pam y dewisoch chi'r arf arbennig yma? Byddai llawddryll wedi bod yn llawer haws. Onid y gwir yw i'ch natur fileinig fynnu arf mileinig?"

"*Cyfiawnder* fynnodd ddagr, Syr John."

"Cyfiawnder? Dewch nawr, Miss Degwel! Does a wnelo cyfiawnder ddim byd ag arf arswydus."

"I'r gwrthwyneb. Mae'r cysylltiad yn amlwg i'r rhai nad ydynt yn gwbl ansensitif."

"Rych chi'n defnyddio sarhad yr un mor barod ag yr ydych yn defnyddio dagr, Miss Degwel; dau arf annoeth iawn eu dewis. Ond dwedwch wrthon ni am y cysylltiad rhyfedd yma rhwng cyfiawnder a'r dagr."

"Mae'r peth yn syml, Syr John. Gan fod y Brenin Rupert wedi gwthio'i ddagr cnawdol i mewn i'm corff *i*, yn enw cyfiawnder fe wthiais y dagr yma i mewn i'w gorff *e*."

"Ond rych *chi'n* dal yn fyw, Miss Degwel."

"Mae 'na lawer math o farwolaeth, Syr John. Fe laddwyd *rhan* ohono i, y rhan bwysicaf efallai, yn stydi'r brenin. Ond ddeallwch *chi* ddim mo hynny; mae'r peth tu hwnt i'ch amgyffred chi."

Ysgydwodd Syr John ei ysgwyddau ac edrych ar y Barnwr. "Does gen i ddim rhagor o gwestiynau i'r diffynnydd, f'Arglwydd."

"Gellwch ddychwelyd i'ch sedd, Miss Degwel," meddai'r Barnwr. "Nawr 'te, Mr Garmon; fe ddewisoch beidio â chroesholi Syr Prosser Picton ddoe. Hoffech chi ei groesholi nawr?"

"Hoffwn gael *un* gair bach ag e."

Dygwyd y marchog hwnnw yn ôl i'r llys.

"Syr Prosser," meddai Gethin. "Fuoch chi'n brysur ar y ffôn neithiwr?"

Edrychodd Syr Prosser yn ddryslyd. "Rwy'n defnyddio'r teclyn yn aml iawn."

"Debyg iawn. Ond fe wnaethoch un alwad ffôn arbennig iawn. Hoffech chi ddweud at bwy?"

"Meindiwch eich busnes eich hun, Mr Garmon!"

"O, mae e *yn* fusnes i mi ac i'r llys yma. Oni fuoch chi mewn cysylltiad â Llywydd y Gymdeithas Frenhinol a gofyn iddo a wyddai am rywbeth yn hanes personol neu broffesiynol y Dr Cellan Humphreys y gellid ei ddefnyddio yn y llys yma i ddibrisio a bychanu tystiolaeth y gŵr disglair hwnnw?"

Gwridodd Syr Prosser. "Mae'n wir imi siarad â Llywydd y Gymdeithas Frenhinol neithiwr."

"Ac onid yw'n wir iddo gael ei gythruddo a'i wylltio gan eich awgrym?"

Rhythodd Syr Prosser ar fur y llys.

"Mae'n rhaid ichi ateb cwestiyne'r cwnsler, Syr Prosser," meddai'r Barnwr.

"Wel, Syr Prosser," meddai Gethin, "mae *yn* wir dweud i Lywydd y Gymdeithas Frenhinol gael ei gythruddo?"

"Ydy."

"Ac iddo ganmol y Dr Humphreys yn uchel iawn?"

"Mae hynny'n wir."

"Ydy," meddai Gethin; "oherwydd fe gysylltodd y Llywydd â *mi* yn union wedi ichi ddodi'r ffôn i lawr. Mae e'n ddyn o egwyddor, yn deilwng o'i swydd, a hefyd yn wyddonydd galluog heb rithyn o eiddigedd tuag at y Dr Humphreys ond yn cydnabod ei ragoriaethe. Fel y dwedais i, dyn o *egwyddor*, Syr Prosser." Edrychodd Gethin yn ddirmygus ar Syr Prosser, ac yna ar y Barnwr. "Rwy wedi gorffen â'r gennad o'r Palas, f'Arglwydd."

"Ydych chi am ailholi'ch tyst, Syr John?" meddai'r Barnwr.

Siglodd Syr John ei ben, nodiodd y Barnwr ar

Syr Prosser, a throdd hwnnw i ymadael â'r llys â'i osgo heb fod *cweit* mor osgeiddig ag o'r blaen.

"F'Arglwydd," meddai Gethin, "dw i ddim yn gwybod a oedd Syr John yn rhan o'r cynllwyn i niweidio enw da Dr Humphreys. Hoffwn gredu ei fod yn gwbl anwybodus o'r peth. Wrth gwrs, pe bai Syr Prosser wedi cael gafael ar wyddonydd a fyddai'n barod i geisio dibrisio tystiolaeth y Dr Humphreys, byddai Syr John dan bwyse i ddod â'r gwyddonydd hwnnw – y gwyddonydd truenus hwnnw – i'r llys. Diolch i'r drefn, ni osodwyd Cwnsler yr Erlyniad yn y fath sefyllfa. Rwy'n llawenhau drosto." Gwenodd Gethin ar Syr John, a hwnnw'n ymateb yn ei dro â gwên oedd braidd yn wan.

"Wel, Syr John," meddai'r Barnwr, "mae'n bryd ichi ddraddodi'ch anerchiad terfynol."

Cododd Syr John. "Aelodau'r rheithgor! Dw i ddim am guddio'r ffaith mod i weithiau wedi fy nrysu'n llwyr gan droeon rhyfedd yr achos yma. Mae'r Amddiffyniad yn cyfaddef i Miss Degwel ladd y Brenin Rupert; ond maen nhw wedi defnyddio'r llys yma i ymosod ar gymeriad y brenin: ei bortreadu ef fel bwystfil ffiaidd, a'r llofrudd fel aberth, cymeriad di-fai a difrycheuyn, wedi ei threisio'n farbaraidd gan y brenin. Nawr mae'r Erlyniad yn derbyn tystiolaeth y Dr Cellan Humphreys, sef mai'r brenin oedd tad y babi sydd yng nghroth Miss Degwel. Fe ddo i yn ôl at hynny yn y man. Ond mae'n hollbwysig i chi, foneddigion a boneddigesau'r rheithgor, beidio â chredu am un foment i'r diffynnydd fod yn aberth ddiymadferth. Chawson ni ddim unrhyw dystiolaeth i brofi hynny. A ble mae'r prawf iddi gael ei drygio? Ble mae'r gwydr a ddefnyddiwyd i yfed y stwff? Chawson ni ddim esboniad derbyniol chwaith pam y gadawodd hi'r Palas heb achwyn ei chŵyn wrth neb. Ac mae'r awgrym fod staff y Palas yn rhan o ryw gynllun neu gynllwyn, neu yn barod i gau eu rhengoedd o amgylch y brenin a'i amddiffyn rhag prosesau'r Gyfraith – mae'r awgrym hwnnw'n chwerthin-llyd ac ar yr un pryd yn enllibio'r staff. Y gwir yw hyn: pe bai'r diffynnydd wedi ei threisio'n fileinig, byddai ei chyflwr wrth adael y Palas yn druenus o anniben a dagreuol. Ond wrth ffarwelio â stydi'r brenin, roedd Ffiona Degwel yn gwbl hunanfeddiannol, a'i hemosiynau dan reolaeth gadarn; dynes yn ffugio dicter i'w hamcanion ei hun. Felly, aelodau'r rheithgor, fe'n gyrrir at un casgliad yn unig, sef i Miss Degwel ymuno'n hollol wirfoddol yn y gweithrediadau rhywiol yn stydi'r brenin. Ond wedi i'r gweithrediadau hynny ddod i'w terfyn, ac i'r gorfoledd cnawdol ddiflannu, *yna* fe sylweddolodd Miss Degwel arwyddocâd yr achlysur. Ffiona Degwel, gwrthfonarchydd amlycaf Cymru, wedi bradychu ei Hachos a'i hildio'i hunan i frenin... Mae'n siŵr iddi deimlo atgasedd eithafol tuag ati ei hunan; efallai mai *hynny,* wedi'r cyfan, oedd ystyr y dicter ar ei hwyneb wrth iddi ymadael â'r Palas. Ond beth bynnag oedd ystyr mynegiant ei hwynepryd, nid hysteria ydoedd, nid yr hysteria y gellid ei ddisgwyl ar wyneb un a dreisiwyd yn ddidrugaredd. Mae'n amlwg felly i Miss Degwel gytuno i'r weithred rywiol, ac yna deimlo edifarhad chwerw, a'r edifarhad yn troi yn hunanatgasedd, a'r hunanatgasedd yn arwain at ei phenderfyniad i ladd y dyn a achosodd y terfysg ingol yn ei henaid. Aelodau'r rheithgor! Down yn awr at fater y feichiogaeth. Mae'n siŵr i hynny ddyfnhau ei hunan-atgasedd a'i dicter tuag at y brenin; ond yna, fel y clywsom ganddi, daeth i sylweddoli arwyddocâd y ffetws yn ei chroth – dyma frenin Lloegr y dyfodol! Rhaid lladd y

Brenin Rupert ac yna ddefnyddio'i fab i amddiffyn y llofrudd rhag cosb!"

Oedodd Syr John, fel pe bai'n ei chael hi'n anodd ymdopi â chyfrwystra dieflig y diffynnydd. Yna aeth yn ei flaen. "Rwy'n cyfaddef i mi, am y tro cyntaf yn fy mhrofiad fel Cwnsler yr Erlyniad, deimlo fy mod yn cael fy hollti, fy rhwygo'n ddau; y naill hanner ohono i yn gweld y llofrudd creulon, a'r hanner arall yn gweld y plentyn yn ei chroth. Rwy'n gredwr cryf yng nghysegredigrwydd y goron, mewn hawliau dwyfol brenhinoedd. Mae un o frenhinoedd Lloegr yn ein plith heddiw; dyw e ddim yn weladwy, ond medrwn deimlo'i bresenoldeb a'i ddylanwad arnom bob un. Teimlaf bwysau aruthrol ar f'ysgwyddau. Yn fy nychymyg, gallaf glywed llais gwan yn codi o'r groth ac yn ymbil arna i, 'A yw'r plant i ddioddef am bechodau eu mamau? Ai fy nhynged i fydd esgyn yr orseddfainc yn fab i un a gafodd ei dyfarnu'n euog o lofruddiaeth? A ddisgwylir imi fwynhau moethusrwydd palas a chastell tra bod fy mam yn llesgáu mewn carchar?' "

Oedodd Syr John drachefn. Teimlai Gethin fod Cwnsler yr Erlyniad yn rhoi perfformiad effeithiol tu hwnt, â'r llys yn awr yng nghledr ei law. Mewn achos a welodd gynifer o droeon annisgwyl, a oedd Syr John ar fin cyflawni'r troad mwyaf annisgwyl ohonynt i gyd?

"Aelodau'r rheithgor!" meddai Syr John. "Mae'r gyfraith yn fy ngwthio i'r naill gyfeiriad, a chyfiawnder i frenin heb ei eni eto yn fy ngwthio i gyfeiriad arall. Mae'n amlwg i bawb fod Miss Degwel wedi lladd Rupert y Cyntaf; ond fedra i yn fy myw alw arnoch chi i'w dyfarnu'n euog o lofruddiaeth. Yn gwbl groes i'm greddfau fel Cwnsler yr Erlyniad, rwy'n cydnabod rhai o ddadleuon yr Amddiffyniad. Rwy'n dal i honni bod Miss Degwel wedi cyflawni o'i *gwirfodd* y weithred rywiol â'r Brenin Rupert; ond rwy'n derbyn bod y feichiogaeth yn boenedigaeth ingol a pharhaus iddi, a'r ing hwnnw yn peri *pryfocio* parhaus. Felly mae'n ddilys i'r Amddiffyniad bledio pryfocio, ac rwy'n cydnabod cryfder y ple. O ganlyniad, unaf gyda'r Amddiffyniad i ofyn am ddyfarniad o Ddynladdiad; ac os dyna fydd eich dyfarniad chi, foneddigion a boneddigesau'r rheithgor, yna ymbiliaf arnoch chi i argymell dedfryd ohiriedig, fel y bydd i'r baban yn y groth, yng nghyflawnder yr amser, weld ei olau dydd cyntaf nid drwy farrau heyrn ffenestri carchar ond drwy ffenestri gloyw cartref clyd a chynnes." Distawrwydd dwys, a Syr John yn edrych yn daer ar y rheithgor ac yna yn eistedd.

"Nefoedd Fawr!" sibrydodd Gethin. "Mae Syr John yn chwifio'r faner wen!"

"Mr Garmon!" meddai'r Barnwr. "Mae Syr John wedi dwyn eich dadl! Ond debyg iawn bod gennych *chi* sylwade i'w cynnig i'r llys?"

"Oes yn wir, f'Arglwydd," meddai Gethin. Cododd ac edrych ar y rheithgor. "Boddhad pur i mi oedd clywed Syr John yn ildio'r dydd a rhoi'r fuddugoliaeth i'r Amddiffyniad. Mae e wedi ymbil arnoch chi i gael Miss Degwel yn euog o Ddynladdiad yn hytrach nag o Lofruddiaeth. Siaradodd yn rymus, nid yn unig fel Cwnsler yr Erlyniad ond hefyd fel Monarchydd. Nid Cyfiawnder oedd ei gonsýrn mwyaf, ond enw da Gorseddfainc Lloegr. Bydded felly! Mae hawl ganddo i addoli brenhinoedd a thywysogion y byd 'ma; ac os yw'r addoli hwnnw rywsut yn arwain ei gamre i wersyll yr Amddiffyniad, popeth yn iawn! Ond Cyfiawnder yw fy unig gonsýrn *i*; *Cyfiawnder* sy'n mynnu dyfarniad o Ddynladdiad. Yn wir, mae'n mynnu mwy. O ystyried bod Ffiona Degwel, un o ysgolheigion amlyca'r byd, wedi ei threisio gan ffŵl mewn gwisg ffansi, ac yn gorfod cario yn ei chroth blentyn a grëwyd mewn erchylltra, rhywbeth a saethwyd o lwynau gwallgofddyn mewn iwnifform Rufeinig, gwallgofddyn yn ymhyfrydu yn y weithred o halogi Celt – o gofio hyn oll, foneddigion a boneddigese'r rheithgor, mae'n rhaid ichi gytuno bod hyd yn oed Ddedfryd Ohiriedig yn gosb ry drom. Y barnwr, wrth gwrs, fydd yn penderfynu'r gosb, ond mae'n rhydd ichi ddatgan eich barn ar y mater. Lleisiwch eich teimlade yn uchel! Gwnewch yn glir i'r holl fyd fod y weithred o Ddynladdiad yn yr achos yma nid yn unig yn ddealladwy ond yn gwbl resymol, â holl dduwie'r ffurfafen wedi gweiddi ar Miss Degwel i afael yn y dagr a'i wthio i galon yr ynfytyn! Ac os felly, rhaid iddi adael y llys yma yn ddynes *rydd*, heb ddedfryd o unrhyw fath yn hofran uwch ei phen. Mae Syr John wedi ymbil arnoch i ystyried teimlade brenin Lloegr y dyfodol; rwyf *inne* yn ymbil arnoch chi i ystyried hunan-barch y Celtiaid!" Gan daflu edrychiad herfeiddiol at y rheithgor, eisteddodd Gethin a theimlo llaw Ffiona ar eich fraich.

"Da iawn, Gethin!" meddai hi. "Bu bron imi neidio ar fy nhraed a gweiddi 'Clywch, clywch!' "

"Diolch. Tybed be wna'r Barnwr o hyn oll? Bydd ei sylwade terfynol yn ddiddorol."

"Aelode'r rheithgor!" meddai'r Barnwr. "Wedi cyrraedd y fan yma mewn achos, yr arfer yw i'r Barnwr roi'r gore iddi am y dydd, iddo gael cyfle i gasglu ei feddylie a chyfansoddi ei sylwade terfynol. Ond mae cwrs yr achos unigryw yma, ac yn arbennig y trosben chwim a gyflawnwyd gan Gwnsler yr Erlyniad, wedi hwyluso pethe'n rhyfeddol. Pan fo'r Erlyniad a'r Amddiffyniad o'r un farn ynglŷn â'r dyfarniad cywir, beth arall sydd i'w ddweud? Does dim angen imi fynd dros yr holl dystiolaeth a gyflwynwyd a'ch helpu chi i asesu hygrededd y gwahanol dystion. Felly ewch i'r ystafell a neilltuwyd ichi ac ystyriwch eich dyfarniad."

* * *

O fewn hanner awr dychwelodd y rheithgor i'r llys, a'u blaenwr, y prif reithiwr, yn sefyll yn unionsyth i gyhoeddi'r dyfarniad; menyw dal, denau, soffistigedig yr olwg, ac yn amlwg yn mwynhau ei swydd.

"Gawsoch chi'r diffynnydd yn euog o lofruddiaeth neu yn ddieuog?" gofynnodd Clerc y Llys.

"Yn *ddieuog*," oedd ei hateb, a'i llais yn glir a chadarn.

"Gawsoch chi'r diffynnydd yn euog o ddynladdiad neu yn ddieuog?"

"Yn *ddieuog*," meddai hi eto, ac er syndod i bawb, aeth yn ei blaen. "Mae dynladdiad yn drosedd, ac yn nhyb y rheithgor, nid trosedd a gyflawnwyd gan Miss Degwel, ond gweithred iachusol a bendithiol i'r holl deyrnas. Fodd bynnag, nid lladd *dyn* wnaeth Miss Degwel, ond diddymu a dinistrio *bwystfil*; felly mae'r term 'dynladdiad' yn yr achos yma yn gwbl anaddas ac amherthnasol. O ystyried hyn oll, mae'r rheithgor yn benderfynol o sicrhau bod Miss Degwel yn ymadael â'r llys yma yn fenyw gwbl rydd, heb arlliw o fai yn glynu wrthi, nac unrhyw awgrym o ddihirwch."

Edrychodd y Barnwr ar Ffiona. "A wnaiff y diffynnydd sefyll?"

Ufuddhaodd Ffiona.

"Miss Degwel," meddai'r Barnwr. "Roeddwn i wedi

disgwyl i'r rheithgor gydsynio â'r ddau gwnsler, a'ch cael chi'n euog o ddynladdiad ac argymell y ddedfryd ysgafna posib. Ond maen nhw wedi mynd gam ymhellach, a'ch cael yn *gwbl* ddieuog – dyfarniad hanesyddol fydd yn siŵr o gael lle amlwg yng ngwerslyfre cyfreithiol y dyfodol. Rych chi'n rhydd i adael y llys yma ac i ailgydio yn eich gyrfa ddisglair, â'ch cymeriad yn gwbl ddifrycheuyn." Cododd y Barnwr, casglu ei bapurau ac ymadael â'r llys.

Daeth Syr John draw at Ffiona ac estyn ei law. "Llongyfarchion, Miss Degwel. Canlyniad boddhaol iawn."

"Rych chi'n gosod eich hunan mewn sefyllfa beryglus iawn, Syr John?"

"Sefyllfa beryglus?"

"Rhoi eich llaw i un a hudodd frenin i'w breichie. Os galla i demtio brenin, pa obaith sy gan dwrnai?"

Gwridodd Syr John. "O, mae'n rhaid ichi faddau imi am fy nhriciau cyfreithiol; mae pob twrnai yn fythol euog ohonyn nhw."

"Wnewch chi'n hesgusodi, Syr John?" meddai Gethin. "Mae'n rhaid i Miss Degwel a minne ddianc yn gyflym cyn i bobol y cyfrynge gael gafael arnon ni." Cydiodd ym mraich Ffiona a'i thywys hi at ddrws gerllaw a thrwy goridor hir allan at ei gar y tu ôl i'r adeilad.

Pennod 11

Yn y Parlwr Sanctaidd

O FEWN WYTHNOS i'r achos llys, ysgydwyd Lloegr gan y newyddion fod Ffiona mewn clinig yn cael erthyliad... Hanner y genedl yn llawenhau, a'r hanner arall yn gynddeiriog o feddwl bod mab i frenin wedi ei ddinistrio. Yng Nghymru, teimlai trwch y boblogaeth fod Ffiona wedi gweithredu'n ddoeth.

O fewn pythefnos i'r achos, roedd Ffiona yn camu at ddrws ffrynt tŷ Quintin Cadwaladr ac ar fin gwasgu'r gloch pan hoeliwyd ei llygaid ar fwlch cul rhwng llenni'r ffenestr, a'r bwlch yn caniatáu iddi weld yr olygfa ryfedd y tu mewn. Camai Quintin ar draws yr ystafell. Areithiai yn nwydus, ei law chwith y tu ôl i'w gefn, mynegfys ei law dde yn trywanu'r awyr yn ffyrnig, a'i lygaid ar dân; ond yn fwy trawiadol hyd yn oed na'r tân yn ei lygaid oedd y tân yn y bathodyn mawr ar labed ei siaced. Adnabu Ffiona y bathodyn ar unwaith – replica o fathodyn *The Order of the Garter*, a'r groes enamel goch wedi ei hamgylchynu gan y *Garter* a chan yr arwyddair enwog mewn llythrennau euraid:

HONI SOIT QUI MAL Y PENSE

Rhyfeddai Ffiona at yr olygfa. A oedd Quintin yn ffantasïo iddo ennill y *Garter*, anrhydedd na fedrai neb arall ei roi ond Brenin – neu Frenhines – Lloegr? Yn awr ei gyfyngder, ai'r freuddwyd druenus honno a'i cynhaliai? Yn ôl ac ymlaen y camai, ei fynegfys a'i wefusau yn aruthrol brysur. A thrwy'r cyfan ac yn cwmpasu'r cyfan, a Ffiona'n ei glywed hyd yn oed drwy wydr dwbl y ffenest, rhuai cerddoriaeth jingoistaidd Elgar, *'Pomp and Circumstance March Number Two, Land of Hope and Glory'*.

Gwasgodd Ffiona'r gloch, a pharhau i wasgu am dipyn. Peidiodd y gerddoriaeth. Munud yn pasio; debyg iawn bod Quintin yn diosg ei fathodyn ac yn trefnu ei wyneb cyn ateb y drws. O'r diwedd goleuwyd y cyntedd, ac yna'r drws yn agor.

"Noswaith dda, Mr Cadwaladr!"

Syfrdanwyd Quintin. "Miss Degwel!" meddai yn wanllyd.

"Yr union un! Ga i ddod i mewn? Rwy'n addo peidio â dial arnoch a chwythu'ch tŷ yn chwilfriw!"

Gwibiodd cysgod gwên ar draws ei wyneb. Safodd o'r neilltu iddi fynd i mewn, ac yna ei harwain i'r parlwr, yr ystafell lle bu'n areithio'n rymus. "Ga i gymryd eich cot fawr?" meddai, â'i lais yn dal yn ansicr; ac wrth iddo fynd at y drws, cyfeiriodd at gadair freichiau yn ymyl y lle tân, â lledr y gadair yn adlewyrchu fflamau'r pren a losgai yn y grât.

Setlodd Ffiona ei hun yn y gadair ac archwilio teml y monarchydd: silffoedd llyfrau yn ymestyn o'r llawr i'r nenfwd; set deledu; desg ysgrifennu gadarn a sylweddol; carped o Bersia, a hwnnw'n frith o batrymau gorgyfoethog geometrig y wlad honno; cyrten trwm o felfed glas; ac yna, uwchben y lle tân ac yn llanw'r ystafell, llun mawr o'r Brenin Rupert yn cael ei goroni yn Abaty Westminster.

Dychwelodd Quintin ac eistedd yn y gadair gyferbyn â Ffiona.

"Rych chi wedi synnu fy ngweld, Mr Cadwaladr?"

Nodiodd yntau.

"A dweud y gwir," meddai Ffiona, "rwy'n synnu fy ngweld fy hunan yma, a heb fod yn siŵr mod i'n ddoeth i ddod. Ond dilyn mympwy wnes i; ac rwy'n siŵr y cytunwch chi eich bod yn werth ymweliad."

Nodiodd Quintin drachefn heb ddweud yr un gair.

"Rwy'n deall bod eich dyfodol yn y Brifysgol yn y fantol," meddai Ffiona, "a thribiwnlys arbennig yn mynd i ystyried y mater yn y dyfodol agos?"

"Mae'r helgwn yn cyfarth am fy ngwaed."

"Ydyn nhw'n mynd i lwyddo?"

"Debyg iawn. Yng Nghymru, mae chwythu adeilad yn fwy o drosedd na lladd brenin. Wrth gwrs, erbyn hyn rych chi wedi lladd *dau* frenin, on'd ych chi?"

"Ydw, os ych chi am gyfri'r ffetws. Ond roedd hi'n hanfodol ei erthylu, rhag ofn iddo dyfu i ymdebygu i'w dad. Mae Lloegr yn ddyledus iawn i mi."

"Pam daethoch chi yma, Miss Degwel? Ydych chi am imi ymddiheuro am chwalu'ch Canolfan? Os felly, mae'ch taith yn ofer. Rwy'n ymfalchïo yn y weithred honno. Dyna fy awr odidocaf, er gwaetha'r ffaith imi gael fy nal a'm niweidio yn y llanast. Wrth imi danio'r fatsen a chynnau'r ffiws, synhwyrais genedlaethe o frenhinoedd yn fy annog i ddial am lofruddiaeth y Brenin Rupert. Na, chewch chi ddim ymddiheuriad gen *i*, Miss Degwel."

"O, dw i ddim am ymddiheuriad, Mr Cadwaladr. Dod yma wnes i jyst i gael y profiad o fod wyneb yn wyneb â dyn o egwyddor."

Tynnwyd y gwynt o hwyliau Quintin.

"Dyn," aeth Ffiona yn ei blaen, "yn barod i'w daflu ei hunan i'r fflame dros ei ddaliade."

Crychodd Quintin ei dalcen, â'i lygaid yn llawn drwgdybiaeth.

"Beth ydych chi'n bwriadu ei ddweud wrth y tribiwnlys, Mr Cadwaladr? Fe *gewch* ddweud eich dweud yno, gobeithio?"

"O caf. Fe ân nhw drwy'r moshwns, fel petai, a ffugio rhoi chwarae teg imi. Ond siarâd fydd y cyfan. Fe gaf fy niswyddo a bydd pawb wedyn yn llawenhau."

"Ond rych chi *yn* broblem iddyn nhw, Mr Cadwaladr, on'd ych chi? Y myfyrwyr yn gwrthod mynychu'r darlithie, a –"

"Pe bai awdurdode'r Brifysgol yn gadarnach eu gafael ar y lle, byddai'r myfyrwyr yn ôl yn y stafelloedd darlithio ers meithin."

"Ond mae myfyrwyr hefyd yn gallu bod yn deyrngar i'w hegwyddorion, Mr Cadwaladr, ac yn cael eu cyffroi gan ddelfryde. Amser braf, ieuenctid!"

"Roeddwn *i'n* llawer mwy aeddfed pan oeddwn yn fyfyriwr nag yw'r to presennol."

"Fe honnai rhai ohonyn nhw fod addoli brenhinoedd yn arwydd o *anaeddfedrwydd.* A bod yn onest, Mr Cadwaladr, rwy'n cytuno â nhw. Rwy'n synnu gweld dyn o'ch statws a'ch disgleirdeb llenyddol chi yn barod i ymgrymu i frenhinoedd o gofio bod y mwyafrif ohonyn nhw yn Philistiaid rhonc. Welsoch chi Frenin Lloegr erioed â llyfr dan ei gesail? Sut *medrwch* chi fychanu'ch hunan gerbron pobol mor ddiffygiol? Ond dyna pam rych chi'n greadur mor ddiddorol, Mr Cadwaladr! Rych chi'n teilyngu astudiaeth fanwl! Rych chi'n ffenomen! Ydych chi wedi ystyried sgrifennu llyfr i'ch esbonio'ch hunan?"

Gwridodd Quintin; arwydd, yn nhyb Ffiona, ei fod *wedi* dechrau ar y *magnum opus*.

"Byddai'r llyfr yn *best-seller*, Mr Cadwaladr! Ysgolhaig enwog yn amddiffyn yr hyn na ellir ei amddiffyn, yn bloeddio'i gefnogaeth i Hawliau Dwyfol Brenhinoedd, yn cymeradwyo twpsod coronog!" Cododd Ffiona ei golygon at y darlun uwch y lle tân. "Er rwy'n cyfadde nad yw Rupert yn edrych *cweit* mor dwp yn y darlun yma ag yr edrychai yn ei iwnifform Rufeinig."

"A ie... Y digwyddiad yn y Palas... Rwy'n dueddol o gredu awgrym Lloyd-Fortescue yn y llys, Miss Degwel."

"Pa awgrym?"

"Mai *chi* a ddenodd y brenin i'ch breichie a'i lygru. Chafodd yr awgrym mo'i wrthbrofi."

"Diar mi! Byddai hynny'n adlewyrchiad gwael iawn ar fy chwaeth mewn dynion."

Canodd y teliffon. "Esgusodwch fi," meddai Quintin a gafael yn y ffôn oedd yn ei ymyl.

Clywai Ffiona lais menyw ar y ffôn a chael ei syfrdanu gan adwaith Quintin. Ei eiriau cyntaf oedd, "Yes, Your Grace," a'r rheiny'n cael eu llefaru'n ddefosiynol tu hwnt. Cafwyd cyfres o gymalau gwasaidd yn yr union donyddiaeth gan Quintin:

"Oh, thank you, Your Grace!"

"Thank you *so* much, Your Grace!"

"How very considerate of you, Your Grace!"

"How kind of you, Your Grace!"

"I shall be honoured to come, Your Grace."

"Next weekend, you said? Oh, I shall *make* time, Your Grace! *Such* an honour for me!"

"No need for the *president* of the Cambrian Society to come? Oh, I *quite* understand, Your Grace."

"I shall look forward to it *so* much, Your Grace!"

A thrwy gydol ei areithiau taeogaidd, roedd Quintin yn ddarlun o hapusrwydd: ei wyneb yn goleuo mewn llawenydd, a'i draed yn tapio mewn gorfoledd. O'r diwedd gosododd y ffôn i lawr, gan drafod y teclyn hwnnw fel darn o lestr Dresden.

"Wel, wel, *wel*!" meddai Ffiona. "Dyna Archesgob, neu Ddug, neu Dduges!"

"Duges Cheltenham."

"Anthea?" meddai Ffiona yn ddifater reit.

Eisteddodd Quintin yn sythach. "Ydych chi'n ei nabod hi?"

"Yn eitha da. Hi yw noddwr y *Cotswold Archaeological Society*. Mae 'na glwstwr o feddau Megalithig yn y Cotswolds a'r un enwoca, Belas Knap, ychydig filltiroedd yn unig y tu allan i Cheltenham. Rwy wedi treulio sawl prynhawn yn y cylch yng nghwmni Anthea. Menyw hoffus iawn er gwaetha'i gwaed uchelwrol. Mae hi wedi'ch gwahodd chi i'w chastell?"

"Ydy."

"Wel, cofiwch fi ati," meddai Ffiona. "Ond byddwch yn ofalus, Mr Cadwaladr. Mae hi'n ddynes fywiog iawn! Nid chi yn unig sy'n medru cynnau ffiws! Ydych chi wedi cwrdd â hi o'r blaen?"

"Dw i heb gael y pleser."

"Does gen i ddim hawl gofyn ichi, ond garech chi ddweud *pam* cawsoch chi'r gwahoddiad gan Anthea?"

"Hi yw noddwr yr *English Monarchist Society*, a fi yw Ysgrifennydd y *Cambrian Monarchist Society*."

"A! Felly mi fyddwch chi'ch dau yn cynllwynio'n hapus gyda'ch gilydd."

"Ydych chi'n nabod *Dug* Cheltenham, Miss Degwel?"

"Ydw. Dim ond un pwnc sydd o ddiddordeb iddo, sef y *Cheltenham Hunt Ball*. Na, dw i ddim yn deg iddo. Mae e'n hoff o chwarae polo hefyd. Os ych chi am gadw ei sylw, Mr Cadwaladr, rhaid ichi drwytho'ch hunan yn y ddau faes yna." Cododd Ffiona. "Wel, rwy wedi mwynhau eich cwmni chi. Diddorol dros ben."

A'r ddau yn y cyntedd, a Ffiona'n gwisgo'i chot fawr, trodd at Quintin a dweud, "Mae'ch teyrngarwch i Frenhiniaeth Lloegr yn cyffwrdd â'r galon, Mr Cadwaladr. Efallai y cewch chi'r *Order of the Garter* ryw ddydd am eich defosiwn i'r Achos."

Rhythodd Quintin arni ac yna ei harwain at y drws.

Estynnodd Ffiona ei llaw iddo. "Da boch chi, Mr Cadwaladr – tan y tribiwnlys."

"Tan y tribiwnlys?"

"Doeddech chi ddim yn gwybod? Rwy wedi cael f'enwebu i'r pwyllgor bach fydd yn penderfynu'ch tynged. Mae cysylltiad agos rhwng y Ganolfan Archaeoleg Geltaidd a'r Brifysgol, ac roedd Dr Habakkuk Huws o'r farn y byddai'r tribiwnlys yn elwa o gael fy mhresenoldeb a'm sylwade."

"Sylwade gwrthrychol iawn, rwy'n siŵr," meddai Quintin yn wawdlyd.

Pennod 12

Yn y Tribiwnlys

EDRYCHODD HABAKKUK HUWS o'i gwmpas a theimlo'n hapus ei fyd. Dyma'r tribiwnlys hir-ddisgwyliedig, ac yntau yn y gadair, a phethau'n argoeli'n dda am gyfarfod eithriadol ddiddorol. Gwnaeth Quintin Cadwaladr – neu Goldilocks Cadwaladr, fel yr hoffai Habakkuk feddwl amdano – gwnaeth Cadwaladr ffŵl ohono'i hunan, a haeddai gael ei roi drwy'r felin. Wrth gwrs, rhaid cydnabod ei fod yn ddyn galluog yn ei faes, ond roedd rhyw slicrwydd yn ei gylch, rhwysg y ceiliog dandi; gwnaethai hynny ef yn atgas gan Habakkuk o'r cychwyn cyntaf, a rhagfarn y Prifathro'n cael ei chryfhau pan amlygwyd daliadau monarchaidd Cadwaladr. Ac yna, gyda'r ymosodiad ar y Ganolfan Archaeoleg Geltaidd, profwyd gwiriondeb y dyn unwaith ac am byth.

Pesychodd Habakkuk. "Aelode'r tribiwnlys!" meddai, a phawb o amgylch y ford siâp pedol yn troi ato. "Cystal inni benderfynu ar ffurf y cyfarfod. Ydyn ni am gael sgwrs rhyngom a'n gilydd cyn galw Mr Cadwaladr i mewn, neu yn hytrach alw arno ar unwaith a'i gwestiynu, ac yna, ar ôl iddo adael y cyfarfod, drafod y mater yng ngoleuni ei atebion a'i sylwade a dod i benderfyniad?"

"O, dewch inni ei gael i mewn ar unwaith, Mr Cadeirydd," meddai'r Athro Rhodri Talgarth. "Bydd mwy o sylwedd i'n trafodaethe ni wedi inni wrando ar ei sylwade. Ac wrth gwrs, dydyn ni ddim am roi'r argraff iddo bod ei dynged wedi'i phenderfynu *cyn* iddo gael dweud ei ddweud."

Syllodd Habakkuk ar Rhodri a nodi ei eiddgarwch slei i weld Quintin dan warchae fel petai. Gwyddai Habakkuk yn iawn am y berthynas rhwng Quintin Cadwaladr a Lowri Talgarth.

"Cyn i Mr Cadwaladr ddod i'n plith," meddai Sylvia Nevern, "beth am benderfynu *cyfeiriad* ein cwestiyne." Nofelydd oedd Sylvia, cynhyrchydd toreithiog nofelau serch, a gwraig Anthony Nevern, miliwnydd o ddiwydiannwr a gyfrannai'n hael i goffrau'r Brifysgol. Dynes denau, welw, fregus yr olwg oedd Sylvia, a'i hymddangosiad yn gwbl groes i gymeriadau lliwgar a lysti ei storïau; roedd y gwrthgyferbyniad yma o ddiddordeb mawr i Habakkuk; byddai Sylvia yn destun teilwng i seicdreiddiwr… "Rhaid inni ofalu bod yn deg yn ein cwestiyne," aeth Sylvia yn ei blaen. "Wedi'r cyfan, bydd Mr Cadwaladr megis Daniel yn ffau'r llewod y prynhawn 'ma. Gadewch inni fod yn fanwl gywir yn ein gweithrediade fel tribiwnlys."

"Mae Mrs Nevern yn iawn i dynnu'n sylw ni at y peryglon," meddai Ffiona Degwel. "Ond rwy'n ffyddiog y gallwn ni ddibynnu ar ein cadeirydd i'n tywys yn ddoeth yn y mater a gofalu na wneir cam â Mr Cadwaladr. Ydych chi ddim yn cytuno, Mrs Nevern?"

Nodiodd Sylvia yn frysiog. "O, yn sicr! Doeddwn i ddim am un foment yn amau gallu a meistrolaeth Dr Huws –"

"Mae'ch consýrn chi ynghylch cywirdeb ein trefniadaeth yn ganmoladwy iawn, Mrs Nevern," meddai Habakkuk. "Ond byddwch dawel eich meddwl. Chaiff Mr Cadwaladr ddim cam y prynhawn 'ma. A dweud y gwir, fe awgrymon ni i Mr Cadwaladr y byddai'n ddoeth iddo ddod â'i gyfreithiwr, neu swyddog o'i Undeb, gydag e i'r tribiwnlys yma, ond fe wrthododd yr awgrym. Roedd o'r farn mai ef ei hun oedd cyflwynydd gorau ei achos."

"Rwy'n cynnig yn ffurfiol ein bod ni'n galw Mr Cadwaladr i mewn ar unwaith," meddai Esyllt Aeron, cynrychiolydd y myfyrwyr. Syniad Habakkuk oedd ei chael hi'n aelod o'r tribiwnlys.

"Pawb yn cytuno?" gofynnodd Habakkuk.

Derbyniwyd y cynnig yn unfrydol. Trodd Habakkuk at Montague Morgan, Ysgrifennydd y Brifysgol a chlerc y tribiwnlys. "Fyddi di cystal â nôl Mr Cadwaladr?"

Symudodd Montague yn llyfn a thawel at y drws, a'i osgo yn cydweddu â llwydni ei wyneb a'i wallt a'i wisg. Yn y man, hebryngodd Quintin i'r ystafell a'i arwain at y gadair ym mhen agored y ford bedol, ac yna dychwelyd i'w le yn ymyl y Prifathro.

Hyd yn oed i lygad ragfarnllyd Habakkuk, ymddangosai Quintin yn ffigur golygus. Gwisgai Quintin siwt las o doriad cain tu hwnt, ynghyd â chrys pinc a thei yn cynnwys y ddau liw hynny ac yn priodi'r ddau yn berffaith. Fflachiai dolenni aur o'i lewys, a modrwy amlwg-werthfawr o drydydd bys ei law dde. Roedd ei dalcen yn uchel a nobl, ei wallt yn don ddisgybledig o aur, ei ên yn herfeiddiol siarp, a'r cyfan oll yn rhoi'r argraff o ŵr cwbl hunan-feddiannol. Eisteddodd a chroesi ei goesau'n hamddenol a phlethu ei ddwylo ar ei arffed; yna edrychodd ar aelodau'r tribiwnlys bob yn un, a'i lygaid o'r diwedd yn angori ar Habakkuk, a Habakkuk yn cyfaddef iddo'i hun nad ymbiliwr oedd ger ei fron yn awr, ond gŵr herfeiddiol, ymgorfforiad o haerllugrwydd *par excellence*, ymffrost *in excelsis*, â balchder yr enaid yn goleuo'r dolenni aur a'r fodrwy emrallt.

"Nawr 'te, Mr Cadwaladr," meddai Habakkuk, "ga i ddiolch i chi am ddod ger ein bron y prynhawn 'ma. Roeddwn i wedi bwriadu gohirio'r tribiwnlys yma tan ddiwedd yr achos llys sydd yn eich aros; ond gan eich bod chi wedi datgan yn gyhoeddus ac yn llawen eich bod yn bwriadu pledio'n euog i'r cyhuddiade o Arswn a Difrod Troseddol, ac na fydd dim gan yr Uchel Lys i'w wneud felly ond penderfynu ar y ddedfryd, wel, does dim i'n rhwystro ni rhag mynd ymlaen a chychwyn ar ein trafodaethe."

"Wrth gwrs," meddai Quintin. "Does gen i ddim gwrthwynebiad."

"Diolch am hynny!" meddai Habakkuk mewn ffug ryddhad. "Nawr yng ngoleuni'ch gweithrediade troseddol, mae'n ddyletswydd arnon ni ystyried ar frys eich sefyllfa yn y Brifysgol, a phenderfynu a ddylid eich diswyddo. Maddeuwch imi am fod mor ddi-flewyn-ar-dafod."

"Mae'n siŵr gen i eich bod chi wedi penderfynu eisoes," meddai Quintin yn haerllug. "Onid ffars yw'r tribiwnlys yma? Fe wn i yn iawn fod fy nhynged wedi'i selio."

Cododd Sylvia Nevern ei llaw. "Ga i ddweud gair, Mr Cadeirydd?"

"Ar bob cyfri."

"Hoffwn ofyn i Mr Cadwaladr a yw'n meddu ar bwerau paranormal."

Gwyddai Habakkuk ar unwaith gyfeiriad meddyliau Sylvia, ond byddai'n ddiddorol ei gweld hi'n datblygu'r thema. "Wel, Mr Cadwaladr?" anogodd Habakkuk.

"Oes raid imi ateb cwestiwn mor wirion? Fel y dwedais eisoes, ffars yw'r cyfarfod 'ma, ond doeddwn i ddim yn disgwyl i'r drafodaeth grwydro i feysydd y cwac a'r siarlatan."

"Ond rych chi'n dangos symptomau'r brid, Mr Cadwaladr!" meddai Sylvia.

"Be dych chi'n ei feddwl, fenyw?"

"Rych chi'n honni eich bod chi'n delepath, on'd ych chi? Yn hawlio'r gallu i ddarllen ein meddylie ac i ddarogan canlyniad ein trafodaethe. A dweud y gwir, yn un o'm nofele mae gen i gymeriad sy'n debyg iawn i chi. Tybed a ddarllenoch chi'r nofel? Ei theitl ysbrydoledig yw *Telepathy in Tulip Cottage*."

Gwenodd Quintin yn wawdlyd. "Rwy'n ofni bod fy chwaeth lenyddol yn rhy gul i gynnwys eich nofele anfarwol."

"Rych chi'n fy synnu, Mr Cadwaladr," meddai Sylvia, "a chithe'n gymaint o fonarchydd."

"Beth sydd a wnelo hynny â'r mater?" meddai Quintin.

"Clywais fod y Frenhines Matilda yn hoff iawn o'm nofele."

Dryswyd Quintin gan yr ateb. Rhythodd yn fud ar Nofelydd Llys Lloegr.

Pesychodd Habakkuk. "Ryn ni'n falch o glywed bod cylch eich darllenwyr yn ymestyn i Balas Buckingham, Mrs Nevern, ac mae Mr Cadwaladr yn llawenhau, siŵr o fod, yn y ffaith fod eich llyfrau yn dwyn *imprimatur* brenhinol, fel petai. Mae eich cyfeiriad at y Teulu Brenhinol yn ein harwain at galon y mater dan sylw y prynhawn 'ma, oblegid mae teyrngarwch Mr Cadwaladr i Fonarchiaeth yn berthnasol iawn i'w ymosodiad ar y Ganolfan Archaeoleg Geltaidd. Rwy *yn* iawn, on'd ydw i, Mr Cadwaladr?"

"Mae hynny'n amlwg hyd yn oed i ynfytyn," meddai Quintin.

"Ac mae'n siŵr eich bod chi'n ymwybodol o'r dicter

tuag atoch yn y Brifysgol o ganlyniad i ddinistr y Ganolfan," meddai Habakkuk, "a bod y dicter hwnnw wedi amharu'n ddybryd ar waith Adran y Saesneg ac yn bygwth anhrefn llwyr ar weithgareddau'r holl Brifysgol. Fel ysgolhaig adnabyddus, mae'n rhaid ichi dderbyn na ellir caniatáu i'r sefyllfa barhau. Ac wrth gwrs, mae'n siŵr eich bod chi'n teimlo i'r byw wacter eich stafell ddarlithio wrth ichi aros yn ofer am ddyfodiad eich myfyrwyr. Mae'r peth yn pwyso arnoch, rwy'n siŵr, Mr Cadwaladr."

"Dim o gwbl!"

"Rych chi'n fy synnu, Mr Cadwaladr."

"O, dyw e ddim yn fy synnu *i*." Daeth y datganiad o wefusau Seimon Aman, Athro'r Gymraeg, dyn byr, cadarn, cyhyrog, bythol barod am frwydr yn erbyn y Philistiaid. "Os nad yw cwmni uchelwyr Lloegr ar gael iddo, gwell ganddo fod ar ei ben ei hun."

"Dyna'r union eirie i'w disgwyl gan Gelt cyntefig o berfeddion y Mynydd Du," meddai Quintin.

"Fel Pennaeth Adran y Saesneg," meddai Rhodri Talgarth, "ac yn y *front-line* fel petai, hoffwn ofyn i Quintin sut yr ymatebai *ef* pe bai yntau'n Bennaeth Adran ac yn gorfod wynebu myfyrwyr wedi eu corddi i wrthryfel gan drosedde aelod o'r staff."

"Pe bawn *i* yn bennaeth ar yr Adran," meddai Quintin, "fyddai'r argyfwng ddim wedi digwydd. Fyddai'r myfyrwyr ddim wedi *meiddio* gwrthryfela."

"Mr Cadwaladr," meddai Ffiona Degwel, "ydych chi o'r farn y dylid caniatáu ichi barhau yn eich swydd, a chithe wedi cyfaddef yn gyhoeddus ichi ddinistrio'r Ganolfan yn fwriadol?"

"Yn bendant, Miss Degwel. Dylid rhoi lle anrhydeddus iawn mewn Prifysgol i ddyn o egwyddor: dyn sy'n barod i ddioddef hyd yr eitha dros ei ddaliade, ysgolhaig a gyfrifir yn heretic gan gymdeithas, arwr meddyliol sy'n torri rheole'r byd yn eofn er mwyn hybu achosion mawr sydd yn aml y tu hwnt i ddirnadaeth pobol gyffredin. I'r fath arwyr, dylai pob Prifysgol fod yn hafan deg, yn noddfa ddiogel. Wrth gwrs, dw i ddim yn disgwyl i *chi*, Miss Degwel, fod yn wrthrychol yn y mater 'ma, â'ch Canolfan yn deilchion. A dweud y gwir, Mr Cadeirydd, dylwn fod wedi gwrthwynebu'n swyddogol bresenoldeb Miss Degwel yn y tribiwnlys 'ma; mae hi'n siŵr o fod yn rhagfarnllyd yn fy erbyn."

"I'r gwrthwyneb, Mr Cadeirydd," meddai Ffiona, gan dynnu amlen o'i bag llaw. "Mae gen i lythyr yma fydd efallai o gymorth mawr i Mr Cadwaladr. Mae'r llythyr yn cyfeirio at y tribiwnlys 'ma, ac yn ymbil arnaf bledio achos Mr Cadwaladr ac eiriol ar ei ran. Ga i ddarllen y llythyr?"

"Wrth gwrs," meddai Habakkuk. Syllodd ar yr amlen yn llaw Ffiona ac yna ar y sbarc yn ei llygaid. Pa ryfeddod oedd ar fin taro'r tribiwnlys? "Ydych chi'n cytuno, Mr Cadwaladr?"

Nodiodd hwnnw, â'i wyneb yn mynegi chwilfrydedd anesmwyth.

Tynnodd Ffiona y llythyr o'r amlen a'i daenu ar y ford. "Llythyr gan Dduges Cheltenham," meddai. "Dyw Anthea – dyna enw'r Dduges – dyw Anthea ddim yn *or*ofalus ei gramadeg a'i sillafu. Mi sglefria i dros y gwalle. Felly dyma sut mae'r llythyr yn *swnio*, ond nid fel mae'n darllen i'r llygad:

'*Dear Ffiona,*

I'm writing to you on behalf of someone who has recently become a very dear friend of mine, namely Quintin

Cadwaladr. Now don't tear this letter up at the very mention of his name! I know he's done some damage to your Archaeological Centre, and that he's up to his neck in trouble because of it. (By the way, have you seen *his neck at close quarters? So beautifully shaped, Ffiona!) But I'm digressing. Now to go back to the matter in hand, as it were. I understand you're a member of the tribunal that will be sitting in judgment on him and deciding if he can hold on to his job. I know it's a lot to ask, but can you possibly overlook his little crime and forgive him? He simply had a rush of blood to the head that fateful night, an act of blind loyalty on his part, loyalty to that young lecher, King Rupert. By the way, I so admired the way you stood up in court and dragged Rupert's name through the mud, because – and few people know this – I suffered at his hands too. You've no idea how often I had to fight him off. He was always making excuses to visit the castle here when my husband was away. It was a running battle between my honour and his foul hands. Even so, I got off more lightly than you did, Ffiona. I mean, he didn't leave a little royal deposit inside me. Rupert was a real shit and make no mistake, the sort of king who gives monarchy a bad name. Of course, Quintin's little escapade in your Archaeological Centre didn't do much for the monarchy either, but he meant well, and so I do hope you'll forgive him and do your best for him. I gather he blew himself up when he was setting fire to your building, which is rather endearing, don't you think? And he's such a darling when you really get to know him... So full of tenderness. So do persuade the tribunal to deal gently with him. Of course, even if he's allowed to keep his job, he still has to appear in court, poor darling, and that will certainly play havoc with his sensitive soul. But first things first. I'm*

relying on you to do your stuff in the tribunal. After all, it will do your reputation a power of good; he wrecked your marvellous Archaeology Centre, and yet you'll be repaying his wickedness with kindness.
        Warm regards,
        Anthea.

        P.S. Did you know that Quintin has written a book? He's given me a signed copy. I can't possibly tell you what he's written on the flyleaf, it's so sweet and naughty!
        P.P.S. I'm enclosing a cheque towards the cost of rebuilding your Archaeology Centre.' "

Gosododd Ffiona y llythyr yn ôl ar y ford. Edrychodd Habakkuk o'i gwmpas. Yn ystod y darlleniad, bu pob aelod o'r tribiwnlys yn hollol ddistaw a llonydd. Yr unig berson anesmwyth oedd Quintin. Bu hwnnw'n boenus o aflonydd, yn gwrido, yn sychu ei dalcen gwlyb â'i hances sidan, yn troi a throsi yn ei gadair â'i lygaid wedi eu hoelio ar ei sgidiau.

" 'Na lythyr hyfryd!" meddai Sylvia Nevern, a'r wên ar ei hwyneb yn ategu ei geiriau. "Mor dyner! Yn cyffwrdd â'r galon! Dyw e ddim yn glasur llenyddol, wrth gwrs – Mr Cadwaladr fyddai'r cynta i gydnabod hynny. Ond mae gan y Dduges y ddawn i ddenu *sylw* pobol, ac onid hynny yw un o brif anghenion pob awdur?"

"Mi ges *i* fy nenu gan y llythyr hefyd," meddai Rhodri, a'i wên yn gyffelyb i wên Sylvia. "Fel y dwedoch chi, Mrs Nevern, llythyr yn cyffwrdd â'r galon. Ar brydie yn ystod y darlleniad, roeddwn i'n agos at ddagre."

"Mr Cadeirydd!" meddai Sylvia. "Oes hawl gen i ofyn beth oedd maint cyfraniad ariannol y dduges at ailgodi'r Ganolfan?"

"Mater preifat rhwng Miss Degwel a'r Dduges yw hynny," meddai Habakkuk. "Ond os yw Miss Degwel yn fodlon datgelu maint y siec –"

"Ugain mil o bunnoedd," meddai Ffiona.

"Nefoedd Fawr!" meddai Sylvia.

"Mae'r cyfraniad hael yna'n profi gwres teimlade'r dduges tuag at Mr Cadwaladr," meddai Seimon Aman, "a'i pharodrwydd i wneud popeth yn ei gallu i'w achub. Dyw'r siec yn ddim ond llwgrwobr, cil-dwrn digywilydd i ddylanwadu ar y tribiwnlys yma. Dylai Miss Degwel rwygo'r siec yn ddarne."

"Rydw *i* o'r farn y dylid derbyn y siec a diystyru'r llythyr," meddai Esyllt.

"Na!" meddai Seimon. "Arian halogedig yw e! Fel holl eiddo'r uchelwyr! Ffrwyth lladrad gan farwniaid ysglyfaethus yr oesoedd a fu! Ac mae'r siec yna yn waeth fyth gan iddi gael ei throchi gan chwante cnawdol ac anllad!"

"Rwy'n cytuno, Mr Cadeirydd," meddai Rhodri. "I'm tyb i, mae chwante cnawdol y dduges yn fwy ffiaidd na throsedde ei chyndade."

"O, mi fyddet *ti* yn siŵr o feddwl hynny!" ffrwydrodd Quintin, a neidio o'i gadair a gwthio'i fynegfys at drwyn Rhodri a bloeddio, "Oblegid rwyt ti'n *farw* i chwante rhywiol! Ac rwyt ti'n llawn cenfigen! Yn gwybod fy mod i'n rhagori arnat ti yn *rhywiol* yn ogystal ag yn llenyddol, ym myd y cnawd yn ogystal â byd y llyfre! Fedri di ddim *goddef* dyn mor fagnetig, mor athrylithgar, mor bwerus ar dy staff! Rwy'n pwysleisio dy ddiffygion! Yn goleuo dy wendide! *Dyna* pam rwyt ti am gael gwared arna i!" Trodd Quintin ar ei sawdl i wynebu aelodau eraill y tribiwnlys ond â'i fynegfys yn dal i fygwth trwyn Rhodri. "Peidiwch â chael eich twyllo gan ffug gonsŷrn y dyn yma am enw da ei Adran ac enw da'r Brifysgol!" rhuodd. "Bollocks! Ei unig bwrpas yw cael gwared ar y gystadleuaeth beryglus a ddaw o gyfeiriad yr enwog Quintin Cadwaladr!" Â'i holl gorff yn crynu, dychwelodd i'w gadair a mudlosgi yn ei gynddaredd; yna suddodd yn ddisymwth i ryw lonyddwch dieithr.

"Diar mi!" meddai Habakkuk. "Doeddwn i ddim yn ymwybodol o'r tensiyne mawr yn eich Adran, Dr Talgarth."

"Mae'n amlwg i bawb, siŵr o fod," meddai Rhodri, â'i lais yn llawn merthyrdod tawel, "gymaint a ddioddefais o achos ffantasïe Mr Cadwaladr. Rwy bob amser yn gwrtais iddo, ond trwy gydol ei amser yn yr Adran mae e wedi bod yn argyhoeddedig o'i ragoriaeth arna i. Mae rhywbeth truenus iawn yn y sefyllfa, a dweud y gwir, ac mae pethe *wedi* bod yn anodd arna i."

"Miss Aeron!" meddai Habakkuk. "Fel cynrychiolydd y myfyrwyr, hoffech chi ofyn cwestiwn i Mr Cadwaladr?"

"Hoffwn," atebodd Esyllt. "Ddwy flynedd yn ôl, ysgrifennais draethawd i Mr Cadwaladr, traethawd ar Kingsley Amis. Maddeuwch imi am ddweud hyn, ond roedd y traethawd yn cynnwys syniade gwreiddiol a threiddgar iawn am waith Amis. Flwyddyn yn ddiweddarach, cyhoeddwyd llyfr enwog Mr Cadwaladr ar Kingsley Amis; ac o'i ddarllen, gwelais fod un bennod yn cynnwys talpie sylweddol o'm traethawd i, heb gydnabyddiaeth na chaniatâd. I osod y peth yn blwmp ac yn blaen, mae Mr Cadwaladr yn llên-leidr. Mae'r traethawd gen i o hyd, a chedwais y gyfrinach cyhyd gan wybod y deuai'r awr i daro'n ôl. Fe ddaeth yr awr! Gwawriodd Dydd y Farn! Rwy am ofyn i Mr Cadwaladr, onid oes arno gywilydd?"

"Celwydd!" bloeddiodd Quintin. "Celwydd golau yw'r

cyfan! Honiade enllibus a chwbl ddi-sail!"

"Dim o gwbl, Mr Cadwaladr," meddai Esyllt. "Fel y dwedais i, mae'r traethawd gen i o hyd, ynghyd â'r sylwade a sgrifennoch chi arno; ac ar ddiwedd y traethawd fe ychwanegoch eich llofnod, *a hefyd y dyddiad*… Mae'r cyfan yn profi tu hwnt i bob amheuaeth eich bod chi'n lleidr, yn dwyn gwaith eich myfyrwyr, yn ogystal â dwyn gwragedd yr Athrawon…"

Neidiodd Quintin o'i gadair eto a gweiddi, "Dw i ddim yn mynd i ddioddef rhagor o hyn! Stwffiwch eich blydi tribiwnlys! *A'ch* blydi job!" Gafaelodd yn ei gadair a'i dal yn fygythiol uwch ei ben, ac yna edrych o'i gwmpas fel pe bai'n dewis targed.

"Mr Cadwaladr!" meddai Habakkuk, gan ddefnyddio'i donyddiaeth felysaf un. "Rwy'n ymbil arnoch chi gadw rheolaeth arnoch eich hunan. Os ych chi am adael y cyfarfod, gwnewch hynny ag urddas, ddyn!"

"Rych *chi'n* fy nghasáu hefyd!" rhuodd Quintin. "Synhwyrais hynny y tro cynta imi'ch gweld chi! A beth am eich llyfr *chi* – *Neutered Dragons*? Mae'r llyfr yn warth ar Gymru! Hiliaeth yn dawnsio tu ôl i fwgwd ysgolheictod! Dych chi ddim yn *ffit* i fod yn bennaeth ar Brifysgol, hyd yn oed y brifysgol ddrewllyd hon!" A'r gadair uwch ei ben, chwyrlïodd Quintin i wynebu Seimon Aman. "A beth amdanat *ti*, y blydi troglodeit o Frynaman?! E? Beth amdanat *ti*?"

Cododd Seimon. "Beth *amdana i,* Quintin?" meddai Seimon yn dawel.

Safai'r ddau wyneb yn wyneb ond â'r ford rhyngddynt, y gadair oddi fry, a dwylo Seimon – neu efallai ei ddyrnau – yn ei bocedi.

"Foneddigion!" meddai Habakkuk. Ac yntau allan o

berygl am ysbaid, gallai fwynhau'r argyfwng gwefreiddiol. Unwaith mewn oes y deuai drama fel hon! Rhaid sawru'r foment, a'i hymestyn i'r eithaf! Syllodd ar aelodau eraill y tribiwnlys. Eisteddai Sylvia Nevern yn gefnsyth, ei llygaid yn llydan agored, a'i holl enaid yn amlwg ymhyfrydu yn nhensiwn yr awyrgylch. Tybed a ddilynid *Telepathy in Tulip Cottage* gan nofel dan y teitl, *Tempestuous Tantrums at the Tribunal*? Teyrnasai hapusrwydd pur dros wyneb Esyllt Aeron; debyg iawn ei bod *hi* yn ymhyfrydu yn ei chyfraniad i chwalfa Quintin Cadwaladr, chwalfa ei yrfa a'i ymennydd, oblegid roedd yn gwbl amlwg i bawb erbyn hyn fod Quintin wedi ei wthio dros y dibyn. Eisteddai Ffiona yn ôl yn ei chadair, a thybiai Habakkuk iddo weld cysgod o dristwch yn ei llygaid. Roedd Montague Morgan yn ysgrifennu'n ffyrnig, yn benderfynol o gofnodi pob gair o'r ddrama.

"Beth *amdana i*, Quintin?" holodd Seimon drachefn.

"Fe ddweda i wrthot ti, y blydi capelwr cyntefig!" oedd yr ateb sgrechlyd. "Gallwn fod wedi meddiannu a mwynhau dy wraig *di* hefyd, pe bawn wedi dymuno gwneud!"

Tynnodd Seimon ei ddyrnau o'i bocedi, ond arbedwyd Quintin gan lais Sylvia Nevern. "Beth amdana *i*, Mr Cadwaladr?" meddai Sylvia, â'i llais yn gwynfanllyd. "Dych chi ddim wedi sôn amdana *i*."

"*Chi*?" meddai Quintin.

"Ie, fi," meddai Sylvia. "Ydych chi o'r farn y gallech fod wedi fy meddiannu *i* a'm mwynhau pe baech chi wedi dymuno hynny?"

Rhythodd Quintin arni. A dyna'r foment pan gododd Rhodri a Seimon yn dawel gyda'i gilydd a symud ar flaenau eu traed tuag at Quintin a oedd â'i gefn tuag atynt ac yn anymwybodol o'r datblygiad newydd yn y sefyllfa. A hwythau brin ddwylath o'u nod, bradychwyd y ddau Athro gan wichian esgidiau Seimon. Trodd Quintin yn ffyrnig i wynebu'r bygythiad.

"Ha!" meddai Quintin. "Dau heliwr ar drywydd Brenin y Jyngl! Ydych chi wedi bod yn dilyn fy nghaca? Wel, ddaliwch chi ddim mo'r llew *hwn*! Cadwch draw y ddau ohonoch chi, neu fe deimlwch fy nannedd yn rhwygo'ch gyddfe!" A chan chwifio'i gadair o'i gwmpas a thrwy hynny glirio dihangfa rhwng y ddau Athro, camodd Quintin at y drws a'i gyrraedd, ac yna hyrddio'r gadair drwy'r ffenestr agosaf, gan beri i gawod o saethau gwydr dasgu i bob cyfeiriad. Agorodd ei geg yn llydan, a rhoi sgrech annaearol cyn agor y drws a diflannu; ond daliai i sgrechian.

Edrychai aelodau'r tribiwnlys yn ddwys ar ei gilydd, â'r sgrech arswydus yn diasbedain ar hyd y coridor.

* * *

Yn fuan wedi'r tribiwnlys, aethpwyd â Quintin i ysbyty meddwl a'i gadw yno; ac yn sgil hynny, ac yn unol â dymuniad Ffiona, penderfynodd yr awdurdodau roi'r gorau i'r achos cyfreithiol yn ei erbyn ac yn erbyn Osbert Meyrick a Vavasor Simlot. Gan mai Ffiona oedd perchennog y Ganolfan a chwalwyd gan y cynllwynwyr, a'i bod hithau'n barod i faddau iddynt, teimlid mai peth doeth fyddai i'r wladwriaeth ddilyn ei hesiampl fawrfrydig hi.

Pennod 13

Yn y Senedd – gyda'r Frenhines Matilda

NID DYMA'R TRO CYNTAF i Gethin Garmon ei gael ei hun yn ystafell ysblennydd Llefarydd y Senedd; ond y tro hwn roedd dimensiwn dyfnach i'r cynhesrwydd a lifai o'r ffenestri lliw ac a chwaraeai ar y darluniau olew ar y muriau. Roedd hyd yn oed wyneb sarrug Agatha Ffoulkes wedi ei feddalu rywfaint gan yr awyrgylch. Aeth Gethin ati. "Diwrnod hanesyddol, Miss Ffoulkes. Fel monarchydd, rych chi'n teimlo'n hapus iawn, ddwedwn i. Ai hwn fydd y tro cyntaf ichi gwrdd â'r Frenhines?"

"Ie," meddai Agatha; ac yna ychwanegodd yn genfigennus ac yn gyhuddol, "Rych chi'n swnio fel pe baech *chi'n* gyfarwydd â hi."

"Na, na! Hwn fydd y tro cyntaf i mi hefyd. Rwy'n edrych ymlaen at gael sgwrs fach â hi."

"Rwy'n synnu ei bod hi wedi cytuno i'ch cwrdd chi, o gofio'ch rhan flaenllaw yn yr achos llys; ac rwy'n *rhyfeddu* at ei pharodrwydd i gyfarfod â Ffiona Degwel." Taflodd Agatha edrychiad gwenwynig i gyfeiriad pen draw'r ystafell lle'r oedd Ffiona yn sgwrsio'n fywiog ag Ellis Hopkins.

"O, rwy'n deall bod y Frenhines yn *mynnu* cael sgwrs â Ffiona a minne."

"Rhyfedd o beth. Pe bai rhywun wedi lladd fy mrawd *i*, mi fyddwn i am ei waed e. Mae'r Frenhines Matilda yn llawer rhy Gristnogol."

"Tybed beth fydd ganddi i'w ddweud wrth y Senedd y prynhawn 'ma? Fe glywais sibrydion fod ei haraith yn mynd i fod yn bersonol iawn, ac yn emosiynol hefyd – *mor* wahanol i'r areithie stiff a difywyd a lefarwyd gan freninese'r gorffennol. Dylid bod wedi crogi sgrifenwyr Elisabeth yr Ail – neu o leia eu taflu i'r Tŵr – am sgrifennu stwff mor ddi-fflach i'w meistres. Does dim angen help unrhyw sgriblwr ar Matilda; hi sy'n gyfrifol am bob gair o'i hareithie."

"Arferiad peryglus iawn – bron mor beryglus ag ysgwyd llaw â llofruddion a'u bargyfreithwyr."

"Ydw *i* yn gymaint o beryg, Miss Ffoulkes? Wedi'r cyfan, dim ond cyflawni fy nyletswydde roeddwn i yn y llys."

"Fe ges i amser garw gennych."

"O? Rwy'n meddwl imi eich trin chi yn gwrtais iawn."

"Doedd dim angen ichi sôn am fy ngheisiade am y Gadair – ceisiade a rwystrwyd gan feirniaid â mwswgl yn tyfu ar eu hymennydd. Ac rwy'n berffaith siŵr nad oedd angen ichi gyfeirio at fy nghais am y swydd honno yn Rhydychen, cais a danseiliwyd, rwy'n siŵr, gan Ffiona Degwel."

"Dych chi ddim wedi maddau imi felly?"

"Gyda threigl amser, *efallai* y cewch chi faddeuant. Ond am yr ast yna o freninladdwr –" Pe bai protocol wedi caniatáu, tybiai Gethin, byddai Agatha wedi anelu parabola o boer disglair at Ffiona. "Mae hi'n gwbl ddiegwyddor! Wedi defnyddio'i beichiogrwydd i gael Lloyd-Fortescue i bledio am ddedfryd o ddynladdiad yn hytrach na llofruddiaeth, a chael y ffŵl hwnnw i fynd hyd yn oed ymhellach a gofyn am ddedfryd ohiriedig – wedi defnyddio'r brenin bach yn ei chroth i sicrhau ei dihangfa o grafange cyfiawnder – wedi hyn oll, fe branciodd Ffiona Degwel i'r clinig agosa i gael erthyliad. Arglwydd Mawr! Mae'r peth yn warthus!"

"Ac eto, does 'na ddim pesychiad o brotest wedi dod o Loegr."

"A hynny am iddi drochi enw da Rupert mor effeithiol nes iddi dwyllo'r Saeson hefyd. Mae Ffiona Degwel yn *anghenfil*. Ddylai hi ddim fod wedi cael gwahoddiad i'r achlysur hwn, beth bynnag am ddymuniad y frenhines. O diawl! Mae'r anghenfil yn cyfeirio'i chame tuag aton ni!" Roedd wyneb Agatha yn bictiwr o ddiflastod.

"Helo, Miss Ffoulkes!" gwaeddodd Ffiona. "Dyma'r tro cynta inni gwrdd er y dyddie cofiadwy hynny yn y llys!"

"A gore po gyntaf inni wahanu eto."

"Dim o gwbl! Dw i ddim yn dal dig am y pethe ddwedsoch chi amdana i yn y llys. Mae hynny i gyd yn y gorffennol. Ac mae'n *rhaid* imi gael gair â chi."

"A *mi*?"

"Ie. Mae gen i neges ichi oddi wrth un o'ch ffrindie – Quintin Cadwaladr."

Rhythodd Gethin ar Ffiona. Roedd honno wedi rhoi disgrifiad llawn a byw iddo o gwymp truenus Quintin yn y tribiwnlys. "Rwyt ti wedi bod yn ymweld â Quintin Cadwaladr?"

"Ydw. Rwy'n teimlo braidd yn flin amdano. Wedi'r cyfan, roeddwn i'n llygad-dyst i'w gwymp dramatig. Peth trist iawn yw gweld dyn galluog yn dadfeilio o flaen eich llygaid. Es i i'r ysbyty brynhawn ddoe."

"Sut oedd e?" holodd Agatha, a'i llais braidd yn bell.

"Roedd e yn ei stafell ei hun, yn eistedd wrth y ffenest ac yn rhythu ar yr olygfa. *Ymddangosai* yn gwbl normal a gwisgai'r union siwt oedd amdano yn y tribiwnlys. Pan es i ato ac eistedd yn y gadair gyferbyn ag e, dwedodd, 'A! Diolch ichi am ddod. Ond roeddwn i'n disgwyl rhywun arall.' 'O? Pwy?' meddwn innau. Edrychodd ar y gwely yng nghornel y stafell a murmur, 'A! Fe gawson ni sawl *romp* gyda'n gilydd! Ond mae hi wedi f'anghofio, dybiwn i.' Pwysodd ymlaen ata i. 'Miss Degwel, on'd e? Doeddwn i ddim yn siŵr ohonoch chi ar y cychwyn. Rych chi'n garedig iawn i ddod i 'ngweld i. Ond rwy *yn* dyheu am weld rhywun arall.' Ac yna fe blymiodd i ddistawrwydd dwfn am ryw ddeng munud, a minne'n methu'n lân â'i dynnu allan. Ond pan godais i ymadael, dwedodd yn sydyn, 'Dwedwch wrthi mod i'n aros amdani, wnewch chi?' '*Pwy*, Mr Cadwaladr?' meddwn inne. 'Miss Ffoulkes, wrth gwrs!' meddai. 'Agatha Ffoulkes! Fy hoff gywelyes! Yr orau a'r fwyaf nwydus ohonyn nhw i gyd!' Tybiais mai dyna'r foment iawn imi ffarwelio â'r pŵr dab – mae *tact* yn rhan allweddol o 'nghymeriad. Ond wrth gwrs, roedd yn rheidrwydd arna i basio'r neges ymlaen i chi, Miss Ffoulkes."

"Yr ast gelwyddog!" meddai Agatha. "Anwiredd yw'r cwbl! Rych chi'n rhaffu celwydde!"

"O nac ydw!"

"Wel os nad ydych, fe ddylech wybod yn well na chredu geirie gwallgofddyn!" Ac i ffwrdd ag Agatha mewn tymer wyllt.

"*Wel*!" meddai Gethin. "Mae Miss Ffoulkes yn fenyw a hanner! Pe bai hi *wedi* cael y swydd honno yn Rhydychen, mi fyddai'r *dreaming spires* wedi'u siglo i'w seilie! Roedd Quintin *yn* dweud y gwir, Ffiona?"

"O, rwy'n siŵr. Fe enwodd un arall o'i gywelyese – Lowri Talgarth. A chan mod i'n gwybod i sicrwydd fod honno *yn* un o'i gariadon, does 'na ddim rheswm dros wrthod ei stori am Miss Ffoulkes."

"*Mae* sibrydion diddorol yn y Senedd ynghylch Miss Ffoulkes. Anodd eu credu nhw o edrych arni, ond fe glywais y geirie, 'Corwynt cnawdol'."

"Diar mi!" meddai Ffiona. "Ag Olwen Ingleton ac Agatha Ffoulkes yn y rhengoedd, mae gan y Blaid Geidwadol arfe pwerus!"

"A dyma arf pwerus arall," meddai Gethin o weld y Frenhines Matilda yn dod i mewn, a Llefarydd y Senedd yn ei hebrwng.

Trodd pawb i edrych arni. Gwnaeth Matilda argraff ddofn a sydyn ar Gethin. Dynes fach gadarn a lluniaidd, â gwefusau llawn a thrwyn *retrousse*, llygaid gleision, a gwallt euraid hir wedi ei dynnu yn ôl o'r talcen braf a'i sianelu drwy freichled ar ei gwegil i lifo'n eang a thrwchus heibio i'w hysgwyddau. Gwisgai ffrog o liw porffor cyfoethog, a'r lliw hwnnw'n dawnsio yn ei chlustdlysau a'i gwddfdorch a'i hewinedd. Llygadodd y frenhines y cwmni bach dethol ac, yna, trodd at Tecwyn a murmur rhywbeth; hwnnw'n nodio ac yn ei thywys at Gethin a Ffiona.

"Nawr cofia fihafio, Ffiona," meddai Gethin dan ei anadl.

"Wrth gwrs. Mae'r fenyw wedi *dewis* dod i 'ngweld i, ac mae hynny'n brawf o'i chwaeth a'i safone uchel. Rwy *yn* hoffi ei chlustdlyse."

"Mae ganddi goese gwerthchweil hefyd."

Cyrhaeddodd y Frenhines. Ciliodd Tecwyn Madoc yn foneddigaidd. Cynigiodd Matilda ei llaw i Ffiona. "No doubt you're suprised that I should want to meet you, Ffiona. You don't mind my calling you Ffiona?"

"Not at all."

"Then you may use *my* first name. Let's do away with

all that 'Your Majesty' business. The English love such feudal nonsense, but I gather you Welsh are a little more advanced." Trodd at Gethin. "I trust *we* shall be on first-name terms too?"

"Certainly, Matilda," meddai Gethin gan gymryd ei llaw a theimlo mai hon oedd yr un fwyaf gwaraidd erioed i eistedd ar orsedd Lloegr.

"Now shall I tell you what has been my favourite bedtime reading during the last few weeks?" holodd Matilda.

"I'd never dream of demanding such intimate information from you," atebodd Gethin.

"The full translated transcript of Ffiona's trial," meddai Matilda. "Absolutely enthralling! I couldn't put it down!"

Am eiliad roedd Gethin yn hollol fud. Dyma Frenhines Lloegr yn sgwrsio'n gyfeillgar â llofrudd ei brawd ynghyd â bargyfreithiwr y llofrudd, heb ddangos yr arwydd lleiaf o ddicter am y weithred dywyllaf yn hanes Gorsedd Lloegr er pan ddienyddiwyd y Brenin Charles y Cyntaf.

"I'm so relieved that you're taking your brother's death so lightly," meddai Ffiona. "I expected you to give me a roasting – or a gentle reprimand at the very least."

"On the contrary, Ffiona, one of the reasons for my visit here today is to apologise to you personally for my brother's bestial treatment of you. Another reason is to congratulate you and Gethin for your superb perform-ances at the trial. I wish I'd been there! But even on the page, your words gleam magnificently."

"You don't mind our demolition of Sir John Lloyd-Fortescue?" holodd Gethin.

"Of course not. As a matter of fact, as soon as I knew that you were going to be the Defence Counsel, I pressed the Palace lawyers to appoint Lloyd-Fortescue as Prosecuting Counsel. I was quite confident that you'd trounce him." Gosododd Matilda ei llaw ar fraich Gethin. "You see, I *had* heard of you, Gethin."

"It's very good of you to say so," meddai.

"I must arrange for both of you to come and see me at the Palace." Trodd Matilda at Ffiona. "I shall take pains to ensure that you'll feel far more comfortable than you did on your last visit there, Ffiona." Yna trodd at Gethin. "And *you'll* have no cause for complaint either, Gethin." Winciodd yn gynnil ar Gethin. "And now you must both excuse me. I really must mingle a little." Amneidiodd ar Tecwyn. "Now then, Tecwyn. Take me to the Leader of Plaid Cymru. I've always had a weakness for rugby players."

Symudodd y Frenhines a'r Llefarydd i ffwrdd. "Mae'n ymddangos," meddai Gethin, "fel pe bai Aneurin Tudor hefyd ar ei ffordd i'r Palas. Mae Matilda'n *dipyn* o fenyw. Wedi blynyddoedd o fyw'n dawel yn y cysgodion, mae hi'n dod allan yn feiddgar ac yn dewis Cymru fel y lle i wneud ei marc. Fe fydd ei haraith y prynhawn 'ma yn ffrwydrad cyfansoddiadol, coelia di fi, Ffiona. Rwyt ti *am* aros i wrando arni, gobeithio? Rwy wedi sicrhau sedd arbennig i ti yn oriel y cyhoedd."

"Gwell imi fynd yno ar unwaith. Gwela i ti ddiwedd y prynhawn – os na fydd Matilda wedi dy herwgipio di."

Wrth i Ffiona gilio, daeth Tecwyn at Gethin. Roedd gwên gynllwyngar ar wyneb y Llefarydd. "Mae'r foneddiges o Lundain wedi gwneud argraff arnat ti, Gethin."

"Amhosib ei gwrthsefyll hi. Dwed wrtho i, Tecwyn, syniad pwy oedd cynnal yr achlysur 'ma? Dy syniad di, neu ai Ellis awgrymodd y peth ar un o'i ymweliade wythnosol â'r Palas?"

"Nid fi nac Ellis chwaith."

"Y *Frenhines*?"

"Ie. Yn ôl Ellis, dyna'r mater cynta iddi ei godi. A phan ofynnodd Ellis a oedd hi wedi trafod y mater gyda Phrif Weinidog Lloegr, ei hateb oedd – ac rwy'n dyfynnu – 'Proost? It's got nothing to do with that odious creature.' Felly fe setlwyd y peth yn y fan a'r lle." Edrychodd Tecwyn ar ei wats. "Mae bron yn amser iddi annerch y Senedd. Gwell imi ryddhau Aneurin o'i gafael, a'i thywys hi at rai o'r aelode eraill."

"Ie. Paid ag anwybyddu'r Ceidwadwyr. Mae Olwen ac Agatha yn gwgu'n ddiamynedd fan draw."

* * *

Roedd y Senedd yn orlawn. Gwnaeth Tecwyn ei hun yn gyffyrddus yng nghadair y Llefarydd. Ar y dde iddo eisteddai'r Frenhines. Pwysodd Matilda ato. "We *are* on television, I trust, Tecwyn?"

"Of course. The cameras and microphones won't be switched on until I use my gavel and start the proceedings; but from then on you'll be watched by the whole of the United Kingdom."

"Good! This will be my first broadcast as Queen, and by God, Tecwyn, it's going to be a real humdinger!"

"I rather thought it might be."

"I'll be speaking from that lectern over there?"

"Yes. There's a carving of a dragon on one of the panels, so you'll have some help if you want to set the nation on fire."

Gwenodd Matilda. "Wield the gavel, Tecwyn. Set this royal arsonist in motion!"

Ufuddhaodd Tecwyn a defnyddio'i forthwyl bach a

chlirio'i wddf, a'r cliriad hwnnw, yn nhyb Tecwyn, yn atseinio trwy'r deyrnas. "Members of the Welsh Senate! We are assembled here this afternoon to listen to a message from Queen Matilda, a message she wished to deliver personally. She has given me strict instructions not to give her a fulsome introduction. I do not intend to; for after being in her company for several hours and watching her attack a heaped plateful of my wife's newly-baked Welsh cakes – she consumed the whole lot, if truth be told, with never a thought for bashful starving Speakers – after watching her ruthless assault, I have come to the conclusion that this is a woman whose wishes are not to be denied and whose passions are not to be thwarted. In the hope that these plain words will meet with her approval, I now call on her to address the Senate."

Cododd Matilda a mynd at y ddarllenfa, ac edrych o'i chwmpas yn hamddenol. Roedd yn amlwg ei bod yn mwynhau'r achlysur. "Mr Speaker and Members of the Welsh Senate! I understand that from the moment it was known that I was coming to speak to you, Wales has experienced spasms of unease. Like the rest of the United Kingdom, you know next to nothing about me. I am shrouded in mystery. Some of you will be saying to yourselves, 'What on earth can this woman want with us? Does she come in anger? Is she consumed with rage at the murder of her brother? Is she going to hurl abuse at us? Does she come with an armoury of poison-tipped epithets specially sharpened to pierce the thick skins of Celtic regicides? Are we in for an afternoon of high drama?' Well, you *are*."

Oedodd Matilda. Teimlai Tecwyn y tensiwn yn y siambr. Am y tro cyntaf, teimlai hefyd amheuon bach annifyr. A fu Matilda yn gwenu er mwyn twyllo? A fu hi'n garedig wrth Ellis Hopkins er mwyn gweithio'i ffordd yn gyfrwys i ganol y Senedd ac yna draddodi pregeth fach danllyd a dialgar a fyddai'n cynddeiriogi Cymru gyfan?

"I do wish to speak about my late brother," aeth Matilda yn ei blaen. "Since that extraordinary trial, you will have noticed that the English people have been rather muted in their criticism of the verdict. They were stunned by Miss Degwel's revelations about my brother's character. But *I* was not stunned." Oedodd Matilda, i sicrhau bod arwyddocâd ei geiriau yn taro'r nod. "You will have noticed too that Miss Degwel's decision to abort the royal foetus has likewise attracted very little criticism. How *could* it be criticised? What woman in her senses would wish to give birth to the son of such an ogre?"

Wrth i gyfeiriad yr araith ddod yn fwy amlwg, llaciwyd y tensiwn yn y Siambr; yr un pryd, codai'r disgwyliadau.

"If *I* had been in Ffiona Degwel's position," meddai Matilda, "I would have done exactly the same. In fact –"

Seibiant arall, a dychymyg Tecwyn Madoc yn mynd ar garlam. A oedd Matilda ar fin datgelu ei bod hithau hefyd wedi…? Torrodd Matilda ar draws ei feddyliau gwallgof – a'u cadarnhau.

"In fact," meddai Matilda, "– and now I make this public confession for the very first time – in fact, I *have* been in Ffiona's position. Six years ago, when I was a mere slip of a girl, Rupert plied me with the same drug that he put in Ffiona's drink and that rendered her helpless. And then –" Pwysai Matilda ar bob gair a phob cymal. "And then he did to me what he did to Ffiona. In my case, perhaps, the deed was even fouler, for he was defiling his own sister. And when I became pregnant, I experienced the same feelings of revulsion as Ffiona did. How could I possibly continue to carry within my womb that stinking abomination? The *thing* was disposed of very quickly and discreetly."

Seibiant drachefn. Distawrwydd llwyr. Neb yn symud. Pawb yn syllu'n fud ar y ddynes wrth y ddarllenfa.

"But for a long time," meddai Matilda, "I felt unclean, as if I had been violated by a demon, an incubus. And indeed I *had* been. Ffiona Degwel has rid this land of a monster. The entire United Kingdom is indebted to her. And *I* am most deeply in her debt, for in effect it is *she* who has put the crown on my head. *And I intend to make good use of it.*" Ysgubodd ei llygaid yn araf ar draws y Siambr, fel pe bai'n chwilio am rywun. "I have a vacancy at the Palace, a vacancy for a Prince Consort. Is there anyone here who thinks it is high time to put another Welsh dynasty on the throne of England? They have always done England such a power of good." A chyda'r geiriau yna, geiriau olaf ei haraith, syrthiodd ei llygaid – ac aros – ar Aneurin Tudor, arweinydd Plaid Cymru.

Pennod 14

Epilog

MAE HEDDWCH UNWAITH ETO yn teyrnasu yn y Brifysgol, ac mae Adran y Saesneg yn fwy llewyrchus nag erioed yn dilyn penodiad Esyllt Aeron i'r staff. Deallaf ei bod hi ar fin cyhoeddi llyfr ar Kingsley Amis a mawr yw'r disgwyl am y gyfrol. Yn ôl un a gafodd gipolwg ar y proflenni, mae triniaeth Esyllt o'i thestun yn ddeifiol, a delwedd Amis yn cael ei chwalu'n deilchion. Mae Esyllt yn eithriadol ffyrnig wrth drafod agwedd anwaraidd Amis tuag at yr iaith Gymraeg; cyffelybir y nofelydd i fwnci yn gwacáu ei berfedd ar ddarlun gan Rembrandt.

Mae'r Ganolfan Archaeoleg Geltaidd wedi ei hailgodi a Ffiona yn ôl yn ei hymerodraeth ac yn prysur gynllunio ei phrosiect nesaf, prosiect arwyddocaol iawn. Mae Ffiona yn argyhoeddedig ei bod wedi darganfod y fangre lle claddwyd ei harwres, Buddug. Gorwedd y pridd cysegredig ar diroedd Castell Cheltenham, ac mae'r Dduges Anthea yn frwdfrydig iawn ynghylch y fenter.

Clywais y sibrydion rhyfeddaf am fwriad y Dduges i ddysgu Cymraeg. Mae'n debyg iddi weld Seimon Aman ar y sgrin fach yn traddodi darlith deledu ar Dafydd ap Gwilym, a chael ei swyno gymaint gan y darlithydd (a chan gymeriad lliwgar Dafydd) fel iddi benderfynu dysgu iaith y nefoedd. Yn rhyfeddach fyth, clywais fod Seimon yn bwriadu treulio sawl penwythnos yng Nghastell

Cheltenham i osod Anthea ar ben ei ffordd.

Bydd o ddiddordeb mawr i'r darllenydd glywed bod Agatha Ffoulkes wedi ei hesgymuno o Orsedd y Beirdd. Am ryw reswm, daeth Agatha i gredu bod yr Archdderwydd yn rhan o gynllwyn i ladd y Brenin Rupert, ac yn wir, ei fod wedi gweithredu yn y dirgel fel *éminence grise* i annog Ffiona yn ei bwriad. Mewn cyfarfod o'r Orsedd, cododd Agatha yn sydyn a rhuo'n gynddeiriog ar yr Archdderwydd a'i ddiawlio'n rymus a thrwyadl. Dyn bach swil, delicet, nerfus yw'r Archdderwydd, esiampl glasurol o fardd sensitif a breuddwydiol a theimladwy; ond fe'i cythruddwyd gymaint gan ymosodiad Agatha nes iddo hyrddio'i hunan ati gan floeddio, "Dere 'ma, yr hen hwren o hanesydd! Mi ro i flas iti o'r hyn ddioddefodd Ffiona yn nwylo dy blydi Rupert eneiniog!" Ond diolch i'r drefn, roedd ei gyd-feirdd yn effro i'r perygl. Rhuthrasant o'u seddau a'i atal rhag hunanddistryw dramatig.

Fel y gwnaeth nifer fawr o ymgeiswyr Llafur, collodd Ellis Hopkins ei sedd yn yr Etholiad Cyffredinol diweddaraf, â'r Blaid Lafur yn colli ei mwyafrif yn y Senedd ac yn dod yn ail i Blaid Cymru. Aneurin Tudor sy'n awr yn Brif Weinidog, a'i daith wythnosol i Balas Buckingham yn destun gobaith direidus i Gymru gyfan, a rhai pobol yn ffyddiog fod ail Oes y Tuduriaid ar fin gwawrio.

Mwy fyth o hwyl
gan Marcel Williams!

CANSEN Y CYMRY
Nofel am y merchetwr Matthew Arnold, a gormes y Welsh Not.

0 86243 284 7

£4.95

CARDINAL CERIDWEN
Brodor o Gwmtwrch yn dod yn Bab!

0 86243 303 7

£4.95

DIAWL Y WENALLT
Y Bardd Mawr, Dylan Thomas, yn aros noson ym mhentref
Cwmsylen...

0 86243 200 6

£4.45

SODOM A SEION
Yn sgil marwolaeth Mostyn, cariad y ficer, cyhoeddir rhyfel yn
erbyn y Gelyn Mawr...

0 86243 239 1

£4.50

GWALIA AR GARLAM
Syr Oliver Singleton-Jones yn gwneud y camsyniad mawr o
ddiystyru grym Merched y Wawr...

0 86243 259 6

£4.50

AM RESTR GYFLAWN o nofelau cyfoes a llyfrau
eraill y wasg, anfonwch am eich copi rhad o'n
Catalog lliw-llawn — neu hwyliwch i mewn
iddo ar y We Fyd-eang!

TALYBONT CEREDIGION CYMRU SY24 5AP
e-bost ylolfa@ylolfa.com
y we http://www.ylolfa.com
ffôn (01970) 832 304
ffacs 832 782
isdn 832 813